KB149169

시작하는
연인들은
투케로 간다

시작하는
연인들은
투케로 간다

초판 1쇄 인쇄 2015년 7월 8일
초판 1쇄 발행 2015년 7월 17일

지은이 그레구아르 들라쿠르
옮긴이 이선민

펴낸이 이상순
주간 서인찬
편집장 박윤주
제작이사 이상광
기획편집 주리아, 김설아, 서한솔, 한나비
디자인 유영준, 김혜림
마케팅 홍보 이병구
경영지원 박순주

펴낸곳 (주)도서출판 아름다운사람들
문학테라피는 (주)도서출판 아름다운사람들의 임프린트입니다.
주소 (413-756) 경기도 파주시 회동길 103
대표전화 031-955-1001 **팩스** 031-955-1083
이메일 books777@naver.com
홈페이지 www.books114.net

문학테라피

일러두기 이 책의 각주는 역주이며, 원주는 따로 표기하였습니다.

목차

"우리는 어두운 밤,
축제를 밝히는
조명과 닮아 있었다.
사랑의 고통과 기쁨을
수차례 겪으며 우리의
모습은 희미해졌다."

_발레리 라르보, 《동심》

사랑을
모를 때
만난 사람

그해 여름, 카브렐이 〈오르 세종〉*이라는 노래를 불렀고, 세상 모든 이들은 카브렐의 노래를 불렀다.

그해 여름은 빨리 왔었다. 거의 5월 마지막 주 주말부터 기온이 갑자기 20도까지 올라갔다. 울타리 친 정원에서 웃음소리가 들려오기 시작했고, 기름진 바비큐 연기 탓에 나오는 마른기침 소리도, 햇살을 보고 들뜬 여자들이 반쯤 벗고 꺅꺅거리는 소리도 들려왔다. 꼭 새가 짹짹거리는 소리 같았다. 마을 전체가 커다란 새장이 된 것 같았다.

* hors saison, 1999년 프랑스 가수 프란시스 카브렐이 발표한 곡으로, '계절이 지난, 철 지난'이라는 뜻.

한편 남자들은 선선한 밤공기가 내려앉으면, 자기들끼리 모여 앉아 차갑게 만든 로제 와인을 마시기 시작했다. 술기운을 달래며 어떻게든 더 마시려 했다. 그렇게 정말로 여름이 왔다.

그해 여름, 빅투아르**가 있었고 나도 있었다.

빅투아르는 예뻤다. 금발에, 두 눈은 둥글게 모양을 낸 에메랄드처럼 빛났고, 입술은 잘 익은 과일처럼 살이 도톰했다. 그녀의 아버지는 딸의 이름에 걸맞는 애칭을 위트 있게 붙여 주었다. '절세미인 승리의 여신'. 아직 그녀를 내 여자로 만들진 못했지만, 그래도 가까이 다가갔다. 천천히.

빅투아르는 열세 살이었고 나는 열다섯 살이었다.

엄마는 아버지한테서 받았던 느낌이 나는 것 같다고, 내 외모에서도 이제 남자티가 제법 난다고 하셨다. 목소리도 많이 굵어졌고 가끔씩 쉰 소리도 났다. 입술 주변으로 거뭇거뭇하게 수염도 났다. 썩 잘생겼다는 생각이 드는 얼굴은 아니었지만, 빅투아르는 반짝이는 에메랄드빛 눈으로 겉모습 이상을 보는 사람이었다.

나는 그녀의 친구였고, 우리가 지금보다 더 깊고 애틋한 사이가 되기를 꿈꿨다.

** Victoire, 프랑스어로 '승리' '승리의 여신'이라는 뜻.

*

엄마는 그해 초, 직장을 잃으셨다. 날씨가 엄청 추워지기 시작할 즈음.

엄마는 릴 에스케르무아즈 거리에 있는 옷가게 '모드 드 파리'에서 점원으로 일하셨다. 엄마는 매력적이고 세련된 외모 덕분에 옷가게에서 제법 능력을 발휘하셨고, 자신만의 확실한 스타일을 연출해 살찐 사람들도 아름답고 날씬하게 보이도록 만드셨다. 하지만 엄마의 그런 능력도 해고라는 부당한 처사를 막을 순 없었다.

엄마는 몇 주 동안 눈물과 술로 지내시다가 결국 다시 살 길을 찾아보리라 결심하셨고, 경리 강좌를 등록하셨다. 엄마는 '돈이 없으면, 다른 사람 돈을 세어 보기라도 해야지'라고 말씀하셨다. 나는 엄마가 살아남은 자로서 내뱉은 그 아이러니한 말이 좋았다. 엄마는 머리카락을 자르고 가벼운 스타일의 연분홍 원피스를 사 입으셨다. 엄마의 잘록한 허리와 적당히 볼륨 있는 가슴을 그대로 드러내는 옷이었다.

아버지께서 돌아가신 뒤로 —빨간 차를 운전하시던 중, 심장 마비가 와서 그 자리에서 돌아가셨고, 다른 세 명의 목숨까지 앗아 갔다— 엄마는 다른 남자에게 마음을 열지 못하셨다.

엄마는 한탄하셨다. **그 어떤 것도 그 자리를 대신하지 못해. 그 누**

구도. 나는 단 한 남자의 여자야. 그렇게 약속했어.

엄마는 이 세상에 사랑은 단 하나라고, 그 어떤 것으로도 대신할 수 없는 거라고 생각하셨다. 나 역시 그렇게 믿고 싶었다.

그게 내가 세 살 때였다. 나는 아버지에 대한 기억이 없었다. 남편의 모습과 체취, 굵은 팔뚝을 더는 느낄 수 없고, 수염 때문에 따가운 키스도 나누지 못한다는 사실이 엄마를 눈물짓게 했다. 그렇지만 엄마는 어떻게든 아버지를 이 세상에 존재하도록 만들려고 애쓰셨다. 엄마는 두 분이 처음 만났던 시절 사진들을 보여 주셨다. 어느 공원에서 찍은 사진부터 에트르타 해변, 기차 이등칸, 레스토랑 테라스, 로마 분수, 마테이 디 기오베 궁 뒤편에 있는 예쁜 광장에서 찍은 사진까지. 커다랗고 새하얀 침대에 있는 모습도 있었다. 아마도 아침인 것 같았는데 아버지는 카메라 렌즈를 바라보고 엄마가 사진을 찍으셨던 것 같다. 미소 짓고 있는 아버지는 잘생겼고 -《육체의 악마》에 나오는 제라르 필리프처럼- 그 순간의 행복한 모습만 보면, 아무 문제도 생기지 않을 것 같았다. 나는 아직 이 세상에 존재하지도 않을 때였다. 멋진 로맨스 영화 속 첫 번째 장면만 있었다.

엄마는 아버지 손에 대해서도 말씀하셨다. 피부가 얼마나 보드라웠는지, 숨결이 얼마나 따뜻했는지도 말씀하셨다. 아버지께서 나를 어설프게 안으셨던 얘기도, 나를 흔들어 달래 주셨던 얘기도 해 주셨다. 아버지께서 내가 갓난아이 때 귓가에 대고 불러 주셨던 노래도 작게 흥얼거리셨다. 엄마는 이 세상에 없는 사람을, 침묵을 슬퍼하셨다. 두려움 때문에 눈물 흘리셨고 그 눈물은 엄마를 슬픔에 빠뜨렸다. 엄마는 몇 장 없는 사진을 바라보며 아버지 얼굴에 생겼을 주름을 머릿속으로 그려 보셨다. **여기 보렴. 아버지 눈이 꼭 작은 태양 같지 않니. 여기 보이는 이마 주름은 더 깊게 패였겠지. 군데군데 흰머리도 났을 테고. 그래도 여전히 잘생겼겠지.**

그러더니 엄마는 일어나서 엄마 방으로 달려가셨다.

나는 늘 남동생이 한 명 있었으면 했다. 아니면 여동생이라도. 뭐 그것도 안 되면 큰 개 한 마리라도 괜찮았다. 하지만 엄마 머릿속은 늘 아버지에 대한 생각으로 가득 차 있었다. 심지어 —동네 사람들이 '할리우드 배우' 같다고 하는— 매력적인 젊은 약사가 엄마한테 관심을 보여도, 남자들이 향수와 초콜릿, 꽃다발을 갖다 바치고 영원한 사랑을 맹세해도, 엄마는 눈 하나 깜빡하지 않으셨다.

그해 여름, 엄마는 비용 처리 및 손실 관련 규정을 공부하셨다. 관련 도표와 그림까지 모두. 그리고 나한테 가정교사 역할을 맡기셨다. 내가 엄마의 선생님이 된 것이다.

엄마는 나를 어린 남자라고 부르셨다. 내가 점점 아버지 모습을 닮아 간다고 말씀하셨다. 엄마는 뿌듯해하셨고 나를 많이 아끼셨다. 엄마의 이력서가 든 봉투에 하나하나 침을 발라 붙이고 있는 내 모습을 보며, 엄마는 미소를 짓고 계셨다. 엄마가 내 손을 잡으시더니 손등에 입을 맞추셨다.

"올 여름엔 엄마가 미안하구나. 용서해 주렴, 루이."

그해 여름, 우리는 휴가를 떠나지 않았다.

*

우리는 생긴 앙 멜랑투아에서 살았다.

그 어느 곳과도 비슷하지 않으면서 어디선가 본 것 같은 착각을 불러일으키는 마을이었다. 16세기에 지어진 성 니콜라 성당과 르 크루아제 마권 판매소, 위트 아 위트 마트, 도쉬 빵집, 루즈 피부안 꽃집, 상트르 카페가 있고, 또 다른 카페도 있는 곳이었다. 더 이상 배를 타고 나갈 일이 없는 사람들의 아지트 같은 카페도 하나 따로 있었다. 사람들은 그곳에 모여 앉아 독주를 있는 대로 퍼마시고는 비틀거리며, 배와 폭풍우와 직접 겪어 보지도 않은 일들을 지껄이느라 바빴다. 귀신 이야기부터 실제로 가 본 적도 없는 전쟁터 이야기와 만난 적도 없는 여자 이야기까지. 하루는 내가 학교를 마치고 돌아오는데, 거기에 있던 아저씨들 중 한 명이 나를 붙잡더니 소리쳤다. **베트남 여잔데, 몸매가 끝내 줘. 아, 밤의 눈빛을 가진 야생 소녀지. 너도 언젠가는 느끼게 될 날이 올거야. 네 몸을 홀라당 불태울 만큼 엄청난 불길 말이야.**

그 아저씨 말이 영 틀린 것은 아니었다.

그들이 꿈꾸는 여자들은 술잔 깊은 곳에서 헤엄치고 있었다. 사람들은 그들이 늘어놓는 무용담이 닳고 닳은 메뉴판처럼 뻔한 레퍼토리라며 그들을 비웃었다.

생긴 앙 멜랑투아. 무와 곡식이 자라는 널따란 밭을 따라 길게 늘어서 있는 술집들을 지나고 나면, 곧바로 벽돌집과 서로 얼기설기 맞닿은 정원이 나오고 이어서 누아이엘 숲까지 길게 뻗은 울퉁불퉁한 길이 나왔다. 화창한 날 아침이면, 남자 아이들은 여자 아이들 앞에서 소총을 들고 숲 속의 참새와 방울새를 겨누며 '사나이 흉내'를 내곤 했다. 다행히도 그 새들은 남자 아이들이 쏜 산탄보다 빨리 날아 도망쳤다.

이웃끼리 서로 다 알고 지내는 마을이었지만, 이곳 사람들은 진실이든 거짓이든 할 것 없이 많은 이야기를 입 밖으로 꺼내지 않았다. 모두가 말하지 않았지만, 누군가의 고통이 보잘 것 없는 또 다른 누군가를 안심시킨다는 생각이 마을 곳곳에 깔려 있었다. 미래가 보이지 않는다는 사실이 사람들을 우울하게 만들고, 분노를 터뜨리게 하고, 밤마다 어디론가 사라지게 만드는, 그런 곳이었다.

빅투아르의 부모님은 앙스탱까지 이어지는 길목에 주황색 넓은 벽돌집 한 채를 가지고 있었다. 그녀의 아버지는 릴 리우르 광장 8번지에 위치한 크레디 뒤 노르 은행의 은행원이셨다. 빅투아르 말로는 유머라곤 눈곱만치도 없을 뿐더러 항상 나이든 사람처럼 옷을 걸치고 웃는 모습이 찡그린 모습과 딱히 구분되지 않는 사람이었다. 그녀의 어머니는 전업주부였다. 자기 몸에 흐르는 피에 중독될 뻔한 병약한 사람. 빅투아르의 새하얀 도자기 피부는 그녀의 엄마한테서 물려받은 거였다. 세심한 태도와 분명한 행동 역시 엄마한테서 물려받았고 -나중에 알았지만- 사랑에 관한, 특히 욕망에 관한 단호하고 위험한 감정 또한 엄마한테서 물려받은 거였다. 그녀의 어머니는 시를 썼고, 은행원인 남편은 자비를 들여 작가인 아내의 시집을 출간해 주었다. 매달 한 번씩 저택 거실에서 낭송회를 열어 그녀의 어머니가 직접 쓴 짤막한 시를 발표하기도 했는데, 어설픈 시인이 낭송회에 초대된 청중에게 으레 그러하듯 다과를 대접하곤 했다.

빅투아르에게는 언니가 한 명 있었다. 이름은 폴린, 나이는 열일곱. 무언가 어두우면서도 관능적인 매력을 뽐내며 나를 겁주기도 하고 매료하기도 하는 미인이었다. 폴린에게는 육체를 자극하는 무언가가 있었다. 때때로 깊은 밤, 열다섯 살인 내 속에서 끓어오르는 욕망을 주체하지 못하고 황급히 망상에 빠지는 순간이 오면, 내 머릿속에 떠오르는 건 다름 아닌 폴린의 몸이었다.

하지만 분명 내가 사랑하는 사람은 빅투아르였다.

*

내가 그녀를 처음 본 순간이 기억난다. 벌써 13년도 더 된 일이다. 마레샬 르클럭 거리에 있는 공공 도서관에서였다. 만화책을 몇 권 더 빌리러 갔던 날이었는데, 빅투아르는 엄마랑 같이 이미 그곳에 와 있었다. 그녀의 엄마는 서가를 샅샅이 뒤지며 앙리 미쇼의 시집을 찾고 있었다. 그러다가 결국 짜증을 냈다. **어째서 여긴 한 권도 없는 거야, 여긴 도서관도 아니야, 말도 안 돼. 솔직히 아직도 시를 읽는 사람이 어디 있습니까, 부인, 시를! 생긴 앙 멜랑투아에서요! 차라리 추리 소설을 읽어 보세요, 이거요, 이 책에 나오는 등장인물들이 시부터 구원, 악랄함, '무한한 혼돈', 산산조각 난 영혼까지 다 말해 준다고요.**

엄마의 말투에 살짝 짜증이 난 빅투아르가 나를 쳐다보았다. 그때 그녀는 겨우 열한 살이었다. 그녀는 영화에서나 나올 법한 금발에, 길이도 브리짓 바르도 만큼이나 길었다. 눈동자 색도 정말 예뻤다. 나중에 알고 보니, 그 색이 바로 에메랄드 빛깔이었다. 게다가 그녀는 대담하고 도발적인 매력까지 갖추고 있었다.

빅투아르가 조심스레 다가왔다.

"글 읽을 줄 몰라? 그래서 그림만 있는 책을 보는 거야?"

"빅투아르!"

그녀의 엄마가 외치자 빅투아르는 어깨를 으쓱했다.

"운 좋네. 내 이름이 뭔지 물을 필요도 없게 됐으니."

그러고는 자기 엄마가 부르는 쪽으로 갔다. 다행이었다.

왜냐하면 내 몸이 불같이 뜨거워졌고, 식은땀 줄기가 등을 타고 흘렀으니까.

왜냐하면 그 자리에서 단 한 마디도 못했을 테니까.

왜냐하면 심장이 우리 아버지 심장처럼 터져 버릴 것 같았으니까.

*

7월 초 마을 사람들 중 절반은 투케나 생말로로 떠났고, 나머지는 크노케 르 주트나 라 판느로 떠났다.

빅투아르와 나는 생긴에 남았다. 엄마도 남아서 경리 공부를 하셨고, 빅투아르의 아버지도 남아서 오만상을 쓰며 학생 대출 수요 조사를 했고, 그녀의 어머니도 남아서 힘겹게 펜 끝을 굴리며 체념에 빠진 우울한 사람들의 마음을 돌려놓을 수 있는 감동적 글귀를 뽑아내려 안간힘을 썼다. 폴린은 스페인으로 가서 폰체 카바예로*를 마시고 처음 보는 사람들과 어울리며 밤 생활을 즐겼다.

이웃 중에는 들라랑드 부부도 있었다. 샤르트르에서 살다가 그해 2년 전인 1977년에 생긴으로 이사를 온 부부였다. 남자는 마을에서 몇 킬로미터 떨어진 프르탱에 있는 자동차 부품 제조사 퀸튼 하젤 지

* 달콤한 맛이 나는 스페인식 오렌지 브랜디.

사로 전근을 왔고, 여자는 그다음 해 릴 가톨릭 대학에 성서주해학 교수 자리를 얻었다고 했다. 나이는 40대에, 자식이 없는 두 사람은 선남선녀였다. 남자는 좀 더 우수에 찬 듯한 모리스 로네와 닮았고, 여자는 금발 머리를 한 프랑수아즈 도를레악과 닮은 모습이었다. 아내는 남편에게 한시도 눈을 떼지 않았고 사랑스러운 눈빛으로 그를 바라보았다. 마치 주인이 소유물을 보는 눈빛으로. 부부가 사는 집은 동네에서 수영장이 딸린 몇 안 되는 집들 중 하나였다. 워낙 이웃끼리 잘 지내는 분위기 덕분인지 가브리엘 아저씨가 —들라랑드 씨가 나한테 자기를 그냥 편하게 부르라고 얘기한 적이 있었다— 나한테 제안을 하나 하셨다. 자기가 아내를 데리고 9월 초까지 바스크 해안에 가 있는 동안, 자기 집 수영장 관리를 맡아 달라는 것이었다. 아저씨는 남쪽 지방의 거센 바람을 느끼고, 파도가 철썩거리는 모습도 보며, 이곳 생활이 얼마나 평범하고 우울하고 답답한지 새삼 깨닫고 오겠다고 하셨다.

나는 수영장 관리를 해서 번 돈으로 열여섯 살이 되는 날에 경오토바이를 한 대 샀다. 빅투아르와 내가 둘이서 점찍어 놓은 모델이 있었다. 은퇴한 사람이 내놓은, 상태 좋은 '파란색' 중고 모토베칸. 오토바이를 사기도 전에 우리 둘은 까만 테이프를 둘러 대충 고쳐 놓은 기다란 플라스틱 안장에 앞뒤로 앉았다. 언젠가 빅투아르가 뒤에서 내 허리를 감싸고, 내가 빅투아르의 양손 위에 왼손을 얹을 날이 오길 바랐다. 내 목덜미에 그녀의 숨결이 닿는 것을 느끼며, 둘만을 위한 인생의 출발선에 서 있는 꿈을 꾸었다.

*

그녀가 얼른 크길 바랐다.

어린애티와 비누 향기가 얼른 사라지길 바랐다.

폴린이나, 같은 반에 있는 몇몇 여자애나, 길거리에서 마주치는 몇몇 여인한테서 종종 느껴지는 음탕하고 뜨거운 냄새가 얼른 그녀한테서 뿜어져 나오길 바랐다.

살갗 냄새. 피 냄새.

*

나는 매일 아침 그녀 집 근처에서 그녀를 기다렸다. 빅투아르는 언제나 나를 향해 달려왔다. 그녀는 환히 웃었고 그때마다 그녀의 에메랄드빛 눈동자가 반짝거렸다. 그럴 때마다 어김없이 그녀의 어머니는 위층에서 창밖으로 소리치고는 이내 애조 띤 시를 쓰러 들어가셨다.

"둘이 쓸데없는 짓 하지 말고! 점심시간까지 우리 딸 다시 데리고 와!"

우리는 세상에 오직 둘뿐이었다. 우리는 눈부신 약속으로 맺어진 빅투아르와 루이였다. 우리는 항상 함께였다.

우리는 부빈까지 -그렇다, 1214년 7월 벌어진 전투와 같은 이름이 붙은 곳이다- 흘러가는 강줄기인 마르크 강까지 달려갔다가, 지치면 그대로 땅바닥에 드러누웠다. 나는 꽃반지를 만들어 빅투아르에게 건넸고, 그러면 빅투아르는 환하게 웃으며 그녀의 가느다란 손가락에 반지를 끼웠다. 그리고 나는 그녀의 새끼손가락 접히는 부분에 잡히는 주름을 보고 나중에 몇 명의 아이를 갖게 될지 점쳐 보기도 했다. **난 나중에 너랑은 절대 결혼 안 할 거야.** 빅투아르가 말했다. 내가 이유를 묻자, 빅투아르는 결혼을 하면 더 이상 서로에게 제일 친한 친구가 될 수 없기 때문이라고 했다. 나는 찢어질 듯한 마음을 숨긴 채 거세게 반박했다.

"무슨 소리야, 난 평생 네 곁에 친구로 남을 거야."

"아니, 그럴 수 없어. 서로 사랑에 빠지면 언제든 서로를 잃을 수 있는 거라고. 난 널 절대 잃고 싶지 않아."

빅투아르가 그 말을 하고는 염소처럼 폴짝 뛰어 다시 안장에 올라탔다.

"늦게 도착하는 사람이 겁쟁이!"

그래서 나는 소년으로서 끓어오르는 욕구를 꾹 참았다. 인내를 배웠다. 어마어마하게 벅찬 고통이었다.

점심시간에 맞춰 돌아오면, 그녀의 어머니는 정원에 서 있는 커다란 참나무 그늘 아래서 스스로 요깃거리라 이름 붙인 요리를 만들어 주셨다. 햄과 야채샐러드, 레모네이드, 날씨가 선선할 때면 가끔씩 타르트와 디저트용 프렌치토스트나 초콜릿무스를 내오셨다. 나는 빅투아르가 초콜릿무스를 먹을 때 입술 주변에 생기는 초콜릿 수염이 좋았다. 그 자국을 내 혀로 핥아 지우는 상상을 하는 동안, 바지 속에서는 아래쪽으로 피가 쏠려 성기가 탐욕스럽고 굶주린 남자의 것으로 변했다. 그러면 나는 돌연 흥분과 수치심에 휩싸여 고개를 숙였다.

오후가 되면 우리 둘은 들라랑드 부부의 정원으로 갔다. 빅투아르는 가브리엘 아저씨가 '초절정 미남'이라는 걸 한눈에 알아보았다.

그녀는 커다란 뜰채를 들고 수영장 수면에 둥둥 떠다니는 낙엽들을 걷어 내는 일을 도왔다. 나는 일주일에 한 번씩 리트머스 시험지를 이용해 물의 PH 농도를 측정하며 수치가 7.4 근처에 유지되고 있는지를 확인하는 일을 했다.

하지만 무엇보다 즐거웠던 건, 그 안에 들어가 둘만의 수영을 즐겼던 것이다.

꽤 긴 거리를 정해 놓고 수영 시합을 할 때도 있었다. 빅투아르는 멋지게 배영을 해서 앞으로 차고 나갔다. 그럴 때마다 팔을 움직이는 모습이 꼭 피겨 스케이팅 선수를 연상시켰다. 수면에서 보면 꼭 그녀가 그대로 날아갈 것만 같았다. 끝없이 펼쳐진 쪽빛 속으로 사라져 버릴 것만 같았다. 나를 버려 둔 채. 그래서 나는 얼른 물속에 뛰어들어 그녀의 양발을 붙잡았다. 그러면 빅투아르는 고함을 지르며 깜짝 놀란 척했다. 그런 뒤에 그녀의 웃음소리가 아주 높이 날아올랐다가 다시 내 마음 속으로 내려앉았다. 나는 그녀를 투명한 물속 깊은 곳으로 끌어당겼다. 그렇게 그녀와 함께 심해로 끝없이 내려가, 모든 것이 다 용서되는 천국과도 같은 곳을 찾고 싶었다. 하지만 우리는 늘 숨 막혀 죽을 것 같은 순간에 다시 위로 올라왔다. 잔뜩 겁에 질린 채 숨을 헐떡이며.

그해 여름, 얼마나 그녀와 함께 죽고 싶었는지 모른다.

물에서 공을 가지고 놀 때도 있었다. 그런데 빅투아르가 공을 잘 다루지 못하는 바람에 공이 정원 깊숙한 곳으로 날아가 버릴 때가 많았다. 그럴 때면 나는 물 밖으로 나와 공을 다시 주우러 가야만 했다. 그녀는 아무렇지 않게 내가 다녀오는 모습을 지켜보았고 나는 멋지게 물보라를 일으키며 수영장 안으로 뛰어들었다. 빅투아르는 이미 무언가를 깨쳤다는 표정으로 고개를 들어 하늘을 바라보았다. 그녀의 두 눈이 빨갰다. 꼭 눈물을 흘린 여자의 눈처럼. 어디론가 사라질 여자처럼. 곱실곱실하게 젖은 머리카락이 그녀의 이마에 내려와 왕관 모양을 만들었다.

그녀는 나의 공주님이었다.

"언젠간 나한테 키스하는 걸 허락할게."

하루는 그녀가 나한테 이렇게 속삭이고는 개구리헤엄으로 주변에

햇살이 비치는 곳을 따라 물길을 그리며 다시 수영을 했다.

우리 둘은 수영장을 둘러싸고 있는 나무로 된 바닥에 몸을 맞대고 나란히 누워 햇빛에 몸을 말렸다. 빅투아르는 투피스 수영복을 입었다. 탑으로 봉긋 솟아오른 매력적인 가슴을 가리고 있다가 탑을 벗고 원피스로 다시 갈아입으며 나한테 돌아서라고, 절대 쳐다보지 않겠다고 맹세하라고 했다. **쳐다보면 죽여 버릴 거야, 평생 널 미워할 거야.** 그 말에 내가 크게 웃었고, 내 웃음소리에 기분이 상한 빅투아르는 나를 정원에 혼자 남겨 두고 가 버렸다. 우리 둘만의 에덴동산에 나만 남겨 두고.

뱀이 숨어 있던 그곳에.

*

엄마는 걱정하셨다.

엄마는 내가 또래 남자아이들과 어울리고, 친구와 싸우다가 무르팍도 까지고, 신나게 뛰어다니느라 볼이 빨개지기도 하길 바라셨다. 경쾌한 북소리처럼 쿵쾅거리며 뛰는 심장 소리를 듣길 원하셨다. 숲속의 오두막집에서의 추락, 살에 박힌 가시, 녹슨 못, 앰뷸런스, 엄마로서 느끼는 두려움, 죽다 살아난 듯 짜릿한 느낌을 바라셨다.

내가 굴곡 있는 사춘기를 보내길 원하셨다. 남자답고, 털이 북슬북슬한. 내가 아버지가 없다고 '나약한 남자'가 되는 것을 싫어하셨다. 그래서 엄마는 나한테 유도를 시키려 하셨지만, 나는 오금잡아메치기를 한 번 당하고 그길로 유도를 그만뒀다. 나를 유소년 축구 클럽에도 등록시켰지만 재능이 없던 나는 만날 벤치 신세만 졌다.

나는 거의 말을 하지 않는 아이였다. 거친 것을 경계하고 타인을 경계했다. 욕설만큼 빨리 퍼지는 폭력, 모욕적인 행동과 상처, 치욕을 주는 모든 것들을 경계했다.

나는 남자아이들한테는 관심이 없었다. 대신 여자아이들의 온화한 침묵이 좋았다. 서로의 비밀을 속삭이고, 사람들 앞에서 얼굴을 붉히는, 바느질하듯 섬세한 그들의 모습이 더 마음에 들었다. 그녀들의 신비로움이 좋았다.

학교 친구들은 그런 나를 놀려 댔고, 가끔 복도나 계단으로 나를 불러내기도 했다. 하루는 그중 한 녀석이 내 이름을 여자 이름으로 바꿔 부르며 내 마음에 상처를 줬다. 또 다른 덩치 큰 녀석은 주먹싸움을 걸어오기도 했다. **쳐 봐! 네가 진짜 남자면 쳐 보라고! 어서!** 나는 어깨에 힘을 줬지만 그 녀석이 온몸에 힘을 실어 내 허리 쪽을 덮쳤다. 사방에서 기분 나쁜 웃음소리가 들려왔지만 그래도 나는 주저앉지 않았다. 눈물을 보이지도 않았다. 어떻게든 내 얼굴만큼은 지켜냈다. 엄마가 치욕스러운 내 모습을 보고 걱정하시며 돌아가신 아버지를 목 놓아 부르는 일은 없어야만 했으니까. 사실 나는 나에게 아버지가 없다는 힘겨운 사실 때문에 이 세상이 가진 보이지 않는 아름다움을 볼 수 있었다.

나중에 빅투아르가 내 곁을 떠난다면 나는 남자들 사이에 뒤섞여 몸으로 부딪치며 놀게 되겠지. 상냥함과 오락가락하는 여린 감정을 날려 버리는 주먹질에 빠져 있겠지. 그리고 매번 나의 유년 시절의 한 조각이 산산이 깨져 완전히 박살나기를 기도하겠지.

하지만 폭력으로 모든 것을 쟁취할 수는 없는 법.

"맨날 빅투아르하고만 놀면 어떡하니. 그건 아니지."

엄마는 똑같은 소리를 반복하셨다.

"내가 말했잖니. 걔는 아직 어린 여자아이고 넌 이제 거의 어른이라고."

"엄마, 나 겨우 열다섯이에요. 솔직히 아직 어른이라고 할 수는 없는 나이죠."

"엄마한테 남자 형제가 있어서 잘 알아. 너한텐 지금 친구들이 필요하다고."

"빅투아르가 내 친구예요."

"그나저나 너희 둘은 하루 종일 딱 붙어서 뭘 하는 거니?"

"기다려요."

그녀가 얼른 크기를 기다려요, 엄마. 그녀가 내 어깨에 기댈 때를 기다려요. 내가 그녀 가까이 다가가면, 그녀 입술이 떨리기를 기다려요. '자, 이제 내게로 와, 내 안으로 들어와서 널 불태워 봐'라고 말하는 것 같은 짙은 향기가 뿜어져 나오길 기다려요. 그녀한테 무를 수 없는 약속을 할 수 있는 날이 오기를 기다려요. 둘만의 인생이 흐르는 고랑을 깊게 팔 수 있는 그 약속 말이에요. 환희이자 때론 비극이기도 한 그 약속.

그녀가 날 기다려 주길 기다려요, 엄마. 나한테 대답해 주길 기다려요. '좋아, 루이, 네가 준 꽃반지를 끼고 네 곁에 있을게'.

"기다려요."

그러자 엄마가 나를 숨이 막힐 만큼 꼭 껴안으셨다. 그 순간 나는 우리 가족이 셋이었을 때, 안전핀이 뽑힌 심장과 빨간 자동차, 그 어떤 나쁜 일도 닥칠 수 없었던 그때로 되돌아간 것 같았다.

"루이, 어쩜 그 사람과 꼭 닮았구나. 네 아빠를 꼭 닮았어."

*

세기 마지막 7월 14일*, 빅투아르네는 가족끼리 바닷가로 떠났다. 빅투아르는 나를 초대했다. 차로 두 시간을 달려 투케에 도착했다. 강둑이 사람들로 바글바글했다. 자전거와 스케이트보드, 킥보드,

* 프랑스 혁명 기념일.

유모차, 관광용 네발자전거가 곳곳에 보였고 여기저기서 고함소리도 들렸다. 솜사탕과 누텔라 잼이 줄줄 흐르는 크레페와 와플도 있었다.

해변에는 바람막이용 간이 텐트가 여기저기 놓여 있었다. 가족들은 텐트가 날아가지 않게 안에 서로 옹기종기 붙어 있었고, 해가 사라지면 그 안에서 몸을 녹였다.

그곳에서 몇 미터 떨어진 곳에는 예닐곱 살짜리 꼬마 건축가들이 양동이에 진흙을 가득 채워 작고 큰 탑을 여러 개 세우고 있었다. 그들은 별 하나 따지 못하고 금세 허물어질 꿈이나마 세우려 애썼지만, 끝내 지쳐서 화를 내며 전부 무너뜨리고 말았다. 더 먼 곳에는, 바퀴 달린 육상용 보트가 줄지어 물가를 달리고 있었다. 천천히 말을 타고 가는 사람들도 보였다.

그보다 조금 가까운 곳에는 50대 부부가 -남자한테서 언뜻 영화 〈세자르와 로잘리〉에 나오는 이브 몽탕의 모습이 보였다- 아무리 채워도 채워지지 않는 욕구를 감당하지 못하는 사춘기 남녀처럼 격렬하게 키스를 주고받고 있었다. 그들과 또래인 듯 보이는 부모들과 몇몇 외로운 영혼이 두 사람을 불쾌한 시선으로, 때론 부러운 시선으로 바라보았다.

우리는 루이종 보베 거리와 이어지는 해변에 자리를 잡았다.

"여기가 그나마 사람이 좀 없네."

빅투아르의 엄마가 자리를 결정했다.

"난 여기서 책이나 읽어야지."

그러자 빅투아르의 아빠는 책을 읽겠다는 아내의 예민한 피부를 보호하기 위해 모래에 노란색 대형 파라솔을 먼저 꽂은 뒤, 파란 천으로 된 트리가노 캠핑용 의자 두 개를 펼쳐 자리를 잡고 앉았다. 나란히 앉은 두 사람은 꼭 키 작은 노인들 같았다. 빅투아르의 엄마는 책을 보았고 빅투아르의 아버지는 바다를 바라보았다. 그 뒤로 둘은 서로 눈을 마주치지 않았다. 두 사람은 서로에게 조금씩 환멸을 느끼다 결국 서로를 원하는 마음마저 잃어버린 상태였다.

그 순간 빅투아르가 내 손을 잡았고 우리 둘은 곧장 고함을 지르며 그 자리를 떠났다. **산책 다녀올게요!** 우리는 만과 모래 언덕 쪽으로 달려갔다. 어른들의 감시에서 벗어날 수 있는 곳으로. 우리는 아무도 보지 못하는 더 구석진 곳에 자리를 잡고 손을 맞잡은 채 나란히 누웠다. 숨을 헐떡이는 소리가 크게 들렸고 나는 우리 두 사람의 심장이 박자를 맞춰 똑같이 뛰는 모습을 상상했다. 온몸이 떨렸다.

그러다가 우리 둘의 숨소리가 서서히 가라앉았다.

그녀가 말했다.

"여섯 달만 지나면 세상의 종말이 올지도 모른대. 그러면 우리 모두 죽을 지도 몰라."

나는 미소를 지었다.

"그럴 지도."

"세상의 종말이 온다니까! 너도, 나도 끝나고, 우리 아빠가 내 이름 갖고 재미없는 농담을 하는 일도 끝난다고. 끝, 끝, 끝! 그렇게 예언한 사람들이 있다고. 사막 같은 데서 마지막 송년 파티를 준비하는 사람들도 있고. 바보 같은 짓이지."

"왜, 나쁘지 않은데."

"만약 정말로 세상의 종말이 온다면 뭐할 거야?"

나는 얼굴을 살짝 붉혔다.

"글쎄. 난 세상의 종말을 믿지 않으니까."

"지금은 나를 사랑하지만 만약 정말로 세상의 종말이 오면 사랑에 별 의미를 두지 않는다는 얘기구나."

"무슨 소리야. 이렇게 너랑 함께여서 너무 행복해. 단지 지금 이대로가 너무 좋다는 거지."

"나한테 키스하고 싶다는 생각도 안 들어? 남자들은 항상 여자들한테 키스하고 싶고 애무하고 싶다던데."

그 순간 내 심장이 터질 듯이 부풀어 올랐다.

당연히 너랑 키스하고, 널 만지고, 쓰다듬고, 무모한 행동도 해 보고 싶어. 내가 너를 얼마나 오랜 시간 기다렸는지, 매일 밤 내 마음이 얼마나 쿵쾅거렸는지, 네 살결이라 생각하며 내 피부를 만지던 손길이 얼마나 떨렸는지, 손가락으로 네 도톰한 입술을 만져 보기를, 네가 갈구하는 입술을 들이밀며 때때로 격렬한 애정 표현을 내뱉을 수 있게 되기를 얼마나 애태웠는데. 하지만 사랑에 깊이 빠진 사람일수록 더 소심한 법이거든.

"들지."

결국 내가 대답했다.

"듣고 말고. 만약 정말 세상의 종말이 온다면 마지막으로 원하는 게 그거야."

"그게 뭔데?"

"키스."

그녀에게서 피식 하는 웃음소리가 또렷하게 흘러나왔다.

"헉!"

그녀는 마치 한 마리 백로처럼 잽싸게 몸을 돌려 입술을 내 입술에 얹고 문질렀다. 우리 둘의 이가 서로 부딪쳤고, 서로가 서로의 혀를 탐했다. 짭짤하고 뜨거웠다. 그게 전부였다. 그녀는 어느새 몸을 일으킨 채 웃고 있었다.

"키스 한 번 한다고 세상이 끝나진 않아!"

그 말을 남기고 그녀는 한 마리 새처럼 모래 언덕 너머로 사라졌다. 혼자 남은 나는 울고 싶었다. 쓰라린 눈물.

해변으로 다시 돌아와 그녀를 만났다. 바닷물은 빠져 있었다. 빅투아르는 모래사장 쪽으로 다시 올라갔다. 그곳에는 그녀의 부모님이 멍하니 앉아 계셨다. 바람결에 갈매기들의 우스꽝스러운 울음소리가 실려 왔다. 날 조롱하는 것 같았다. 가까이 다가가자 빅투아르가 나를 바라보았다. 그러고는 희미한 미소를 지으며 말했다.

"있잖아, 내가 널 사랑하는 건지 잘 모르겠어. 너랑 있는 게 좋기는 한데, 사랑한다는 건 그 사람을 위해 죽을 수도 있는 거잖아. 손끝이 찌릿찌릿하고, 눈빛이 이글거리고, 더 이상 배고픔도 느끼지 못하는 거잖아. 그런데 너랑 함께 있을 때 손끝이 찌릿찌릿하지 않아."

어린 그녀의 말은 무참한 확인 사살이었다.

*

빅투아르의 부모님이 계신 곳 근처에, 키 작은 노부부가 깔깔거리며 자꾸만 바람에 흩날리는 커다란 수건을 무뎌진 손끝으로 힘겹게 깔고 있는 모습이 보였다.

두 사람을 바라보며 빅투아르와 나를 떠올렸다. 반세기가 흐른 뒤, 둘만의 인생을. 파란만장한 이야기를 마무리 지으며, 경오토바이에 몸을 싣고, 우리가 첫 키스를 나눈 장소를 다시 찾아와, 둘이서 큰 수건을 해변에 펼치려 애쓰는 모습을 그려 보았다.

하지만 빅투아르는 내가 없는 세상으로 다시 달려갔다. 나의 끈기 있는 사랑이 없는 곳으로. 나의 성급한 욕망이 없는 곳으로.

*

빅투아르는 나의 처음이자 마지막 사랑이었고, 슬픔이었다.

*

내가 투케에서 돌아오자 엄마가 걱정하셨다.

이 세상의 엄마들은 모두 족집게다. 여자아이들이 자기 어린 아들 마음에 입힐 만한 상처가 어떤 것인지를 다 알고 있으니까. 엄마는 혹시나 하고 내 곁에 가까이 계셨다.

그러다가 어느 날 저녁, 내가 눈물을 터뜨리자 엄마는 예전에 아버지가 차 사고로 돌아가셨던 불행한 순간에 그랬듯, 나를 품에 안으셨다. 엄마는 따뜻하고 온화한 품으로 내가 처음으로 흘린 눈물을 받아 주셨다. 그러고는 내게 말씀하셨다. 내 눈물이 세상을 좀 더 값지게 만들어 준다고, 내가 어른의 세계에 들어서는 것을 기념하는 눈물이라고. 나는 세례를 받은 거였다.

*

며칠 뒤, 들라랑드 부부네 정원에 들어서니, 빅투아르가 수영장 가장자리에 앉아 양발을 물에 담그고 있었다. 분홍빛 작은 물고기 두 마리가 헤엄치는 듯했다.

수영복 위에 흰색 반팔 블라우스를 걸치고, 헵번스타일 선글라스를 쓰고 있는 모습이 꼭 키가 아담한 여배우 같았다. 처음으로 그녀의 붉은 빛깔 손톱이 내 눈에 들어왔다. 아주 작은 핏방울 열 개가 반짝이는 듯했다. 그녀의 목에서는 처음으로 시베트와 바닐라, 약간의 네롤리유 향이 느껴졌다. 릴의 부자 동네 부인들이나 역 뒤편에 짙은 화장을 하고 다니는 매춘부들이 뿌리는 향수의 향이었다.

나는 가까이 다가가서 그녀 옆에 앉아, 헤엄치는 게 서툰 나의 물고기 두 마리를 똑같이 물속에 넣었다. 나의 물고기는 빅투아르의 분홍빛 물고기처럼 잠깐 원을 그리며 헤엄쳤다. 원을 점점 크게 그리다가 우리 둘의 호기심 가득한 작은 물고기들이 서로 가볍게 스쳤고, 수중 발레를 펼치며 서로 마주 닿았다. 내 물고기들이 그녀의 물고기들을 쓰다듬으며, 아늑한 물속에서 아주 잠시 동안 결혼할 준비를 했다. 그녀가 미소를 지었다. 나는 고개를 숙이고 그녀의 미소를 되돌려 보냈다.

우리 심장에서 가장 멀리 떨어진 신체 부위가 서로를 처음으로 알게 된 순간이었다.

이번에는 위험을 무릅쓰고 과감히 손의 대화까지 시도했다. 꼭 발 없는 도마뱀이 기어가는 것 마냥, 나는 내 손을 느릿하게 그녀의 손

가까이로 갖다 댔다. 내 새끼손가락이 그녀의 새끼손가락과 스치는 순간, 그녀의 손이 잡아먹힐 때를 대비하고 있던 메뚜기처럼 잽싸게 뛰어, 그녀의 배, 따뜻한 배 위에 착지했다. 영화에서 무서운 장면이 나오기 직전처럼 우리 주변으로 잠시 침묵이 흐르는 것을 느꼈다.

내가 그녀를 바라보았고 그녀도 고운 얼굴을 들어 보였다. 그녀는 나와 시선을 마주치려 하지 않았고 진지한 목소리로 운을 뗐다.

"네가 내 시선을 끌어 보려 애쓰는 건 알겠는데, 난 너랑 더 이상 '조스' 놀이 하고 싶지 않아. 재미없는 수구 게임도 마찬가지이고."

"아니, 나는……. 그러니까……."

"난 더 이상 소녀가 아냐."

그녀는 짐짓 그녀의 엄마가 쓴 시를 듣고 케이크를 먹으러 오는 부인들 흉내를 내며 내 말을 중간에 끊었다.

"그저 귀엽기만 한 어린애가 아니라고. 게다가 넌, 그러니까……. 넌……."

갑자기 그녀는 물속에 담그고 있던 두 발을 황급히 빼더니 양다리를 오므려 자기 몸에 바짝 붙였다. 그 순간 나는 깨달았다.

이제는 우리를 하나로 이어지게 해 주던 끈이 사라져 버리고 없었다. 그녀의 다리 사이로 흘러내린 피가 우리를 갈라놓았다.

나는 그 순간 그녀가 나를 자기 마음속에서 내보내려 한다는 것을 느꼈다. 정작 나는 그 안에 한 번도 들어가 보지도 못한 채 그녀 마음 밖에서 그저 참고 기다리고 있었는데 말이다.

그녀가 입을 다문 순간 나는 한마디 말을 할 힘도, 화를 낼 힘도 없었다. 멀대같이 생긴 열다섯 살 소년이자 사랑을 속삭이는 말 한마디 못하고 사랑에 빠져 있던 내가 슬픔을, 그것도 어마어마한 슬픔을 경험하고 말았다. 실비 바르탕이 노래했던 '우린 어렸었지/하지만 우리가 느낀 아픔은 거대했었지[*]' 같은 슬픔이 나를 감쌌다. 내 몸이 수영장 물속으로 깊숙이 밀려들어가, 내 입과 콧구멍, 귓구멍으로 물이 스며들어, 날 모조리 빨아들여 삼켜 버렸으면 했다. 나의 공주님 발밑에서 죽고 싶었다. 그녀가 처음으로 흘린 피 속에 잠겨 죽고 싶었다.

나는 몸을 일으켰다. 몸이 천근만근이었다. 어린 시절이 지닌 축복을 모두 잃고 말았다. 눈물겹도록 서툴렀던 그 순간을.

나는 뜰채를 잡고 수면에 떠다니는 것을 걷어 내기 시작했다. 자두나무 낙엽과 장미꽃잎, 거의 다 죽어 가는 벌레 몇 마리와 내 꿈까지 모두 건져 올렸다.

내가 꿈꾼 것들 전부.

얼마 지나지 않아 빅투아르도 일어서서 수영장을 한 바퀴 빙 둘러 나한테 오더니, 내 등 뒤에 기댔다. 그러고는 양팔로 내 가슴을 감싸 안았다. 만약 우리 둘이 둘만의 인생을 향해 달려갔다면, 푸른빛의 지중해 해안에서나 했을 법한 행동이었다. 세상의 끝을 향해, 행운과도 같은 매일 아침을 향해 달려갔다면. 우리는 그렇게 한참 동안 있

---

* 마테 피터, 너지 이슈트반 작사. 미셸 맬러리 프랑스어 번안.(원주)

었다. 서로의 몸이 똑같은 박자로 숨 쉬었고, 우리는 하나가 되었다. '빅투아르루이'. '루이빅투아르'. '그녀와나'. 최고의 행복을 맛본 순간이었다. 가라앉지 않을, 평생 기억할 추억.

마침내 엄마를 이해하게 되었다.

그러다가 서서히 물이 빠지듯 그녀가 껴안고 있던 양팔을 풀었고, 핏방울 열 개도 함께 사라졌다. 그녀는 내 등에 키스를 했다. 그게 전부였다. 그 순간 나는 엄청난 공허함을 느꼈고, 그녀가 멀어지는 모습을 보며 중얼거렸다. 남자로서 하는 첫 맹세였다.

"얼른 강해질게, 약속해. 그리고 다시 돌아왔을 땐 너를 사랑에 빠진 여자로 만들어 줄게."

*

7월 말, 사람들이 피서를 떠났고 마을은 텅 비었다.

더 이상 피서를 위해 출항하지 않은 지 오래된 사람들은 동네 술집에 모였다. 그곳이 그들에게 짐을 싣는 항구이자 선착장이었다.

7월 31일, 세뉴리 산책로에서 강도 사건이 벌어졌는데, 범인-어쩌면 범인'들'-이 달랑 루이 15세 양식의 서랍장 하나만 훔쳐 갔다. 그래서 경찰에서는 가족 사이에 앙갚음을 하거나, 유산이 잘못 분배되거나, 사랑을 고루 나눠 주지 않는 바람에 벌어진 좀도둑 사건쯤으로 생각했다.

한편, 엄마는 빅투아르네 부모님을 초대해, 세기 마지막 혁명 기념일에 나를 투케에 데려가 줘서 고맙다는 인사를 할 계획을 세우셨다. 엄마는 마당에서 바비큐를 하고, 로제 와인까지 -로제 와인을 마시면 누구나 기분이 좋아진다- 곁들일 생각을 하셨는데, 나는 어떻게든 그 계획을 취소하려고 했다.

"엄마, 별로 좋은 생각이 아녜요. 빅투아르네 엄마가 아프시대요, 건강 문제 때문에 고기를 못 드신대요."

"그럼 야채로 하지, 뭐. 구운 야채. 야채는 누구한테나 좋은 음식이잖니."

"그러지 마세요, 엄마. 제발 부탁이에요. 빅투아르랑 저, 이제 잘 안 만나요."

"그래, 그렇잖아도 네가 그 얘기를 언제쯤 꺼낼지 궁금해하던 참이었어. 엄마들한테는 특별한 눈이 달려 있잖니. 요새 네가 슬퍼 보이더라고. 아침마다 눈 밑에 다크서클이 잔뜩 내려앉아서는. 엄마가 말했었지? 울고 싶을 땐 울어도 된다고. 눈물은 아픔을 씻어 내고 흐려지게 하거든."

그러더니 엄마는 예전에 아빠를 처음 만났을 때의 추억을 꺼내 놓으며 나의 아픔을 덜어 내 주려 애쓰셨다.

"처음엔 나도 네 아빠한테 전혀 매력을 못 느꼈어. 정말이야. 네 아빠가 나를 아주 마음에 들어 했는데도, 나는 별 관심이 없었지. 네 아빠 취향도 나랑은 잘 맞지 않았어. 커피 한잔하러 오라는 둥, 해안가를 따라 산책을 하자는 둥, 트뤼포 감독 영화를 보자는 둥, 뭐 그중에 〈쥘 앤 짐〉은 엄청 좋아하긴 했지만. 그것도 아니면 자기 공부방에서 로네츠 앨범을 듣자고 했지. 그때 열아홉 살이었던 나는 다른 모든 여자애들처럼 뜻밖의 만남을 꿈꿨어. 완력을 이기지 못하고 납치당하는 꿈을 꾸었었지. 결국 키 크고 금발에 안경 쓴 남자한테 마음을 빼앗기고 말았어. 작가가 되고 싶어 하는 사람이었지. 우리는 어느 카페테라스에서 우연히 마주쳤어. 그 남자는 테라스에 앉아 노트에 글자를 빼곡하게 채워 넣고 있었어. 그런데 불현듯 이런 생각이 들더라고. 작가란 자신이 쓴 글밖에 모르는 인간인 데다가, 오로지 자신이 쓴 책에 등장하는 여인들만 사랑하고, 심지어 결국에는 그들의 알량하고 오만한 '비극'이라는 이름으로 그 여주인공들조차 늘 쫓아 버린다는 사실 말이야. 결국 노처녀로 늙어 죽겠구나 하는 생각을 했지. 그러다가 어느 날인가부터 누군가 나한테 꽃을 보내기 시작했어. 매일 다른 종류의 꽃을 받았지. 꽃을 받으면서 처음엔 이런 게 한심한 일이라 생각했어. 백합, 장미, 모란, 달리아. 그러다가 마지막 날 꽃말 책을 보냈더라고. 내가 그때까지 받은 꽃들의 의미를 하나하나 찾아서 보니 꽃들이 전부 사랑의 메시지를 담고 있었어. 그렇게 네 아빠가 내 마음속으로 들어오기 시작했던 거야. 그러던 어느 날, 네 아빠가 오래된 애마 빨강 알파 로메오를 끌고 우리 집 앞에서 기다렸고, 나는 그 차에 올라탔어. 네 아빠 옆자리에 앉은 순간 '그곳'에 도착했음을 깨달았지. 마침내 내가 있어야 할 자리에, 네 아빠 옆에 도착했다는 것을 말이야. '그와나'. 네 아빠가 죽은 날, 네 아빠는 결혼 5주년을 기념하는 꽃을 사러 가던 길이었어. 그 꽃들이 내겐 유품이란다."

*

날씨가 엄청 더웠다.

위트 아 위트 마트에서 튜브형 풀장을 팔기 시작했다. 1년에 150일 정도 비가 내리는 지역에서는 보기 힘든 물건이었다. 당연히 가격은 아주 비쌌다. 사람들은 덥다고 투덜거렸고, 그러면서도 2003년 어마어마한 여름이 그들을 기다리고 있을 거라고는 짐작도 못했다. 1만 5천 명의 사망자를 낸 여름.

날씨가 엄청 더웠다.

나는 매일같이 옆집 아저씨네 수영장에서 거북이 모양을 본뜬 매트리스 위에 누워 하루를 보냈다. 염소 성분과 염분의 농도도 완벽했고, 시원한 물 온도도 완벽했고, 파란 하늘도 완벽했다. 완벽한 삶이었다.

하지만 완벽한 것은 결코 길게 가지 않는 법.

갑자기 내 위로 그림자가 드리우는 것을 느꼈다. 서늘한 그림자. 구름이 해를 가렸나 하고 생각하며 한쪽 눈을 떴는데, 눈앞에 가브리엘 아저씨가 굉장히 멋진 구릿빛 피부를 뽐내며 떡하니 서 있었다. 아저씨는 미소를 띠며 나를 쳐다보았다. 나는 몸을 일으켜 앉으려다가 그만 물속으로 빠지고 말았다. 그러자 아저씨가 한바탕 웃음을 터뜨렸다. 아저씨는 웃음소리도 멋있었다.

"수영장 관리를 아주 잘 한 것 같구나."

"손 볼 데 없으실 거예요, 사장님."

"그냥 아저씨라고 불러."

"아저씨, 돌아오신 거예요? 9월 초에나 오신다고 하지 않으셨어요?"

아저씨가 손을 내밀어 주시기에 나는 가장자리 쪽으로 다가가 그 손을 붙잡았다. 아저씨는 나를 물 밖으로 끌어올렸다. 꼭 힘센 아버지의 모습 같았다.

"돌아왔어, 혼자. 아내는 떠났어. 어느 날 아침 일어나 보니 옆에 없더라고."

아저씨의 부인은 바스크 해안가에 휘몰아치는 바람에 실려 가 버렸을까? 광풍에? 아니면 탐욕스런 거센 파도에? 아저씨가 부인을 밀어 버렸을지도 모른다. 여자는 아주 잘생긴 남자를 버리는 법이 없으니까. 나는 한기가 들어 얼른 수건을 집어 들고 몸을 닦았다. 아저씨는 대수롭지 않다는 듯 그저 어깨를 으쓱했다.

"뭐 살다 보면 종종 일어나는 일이지."

알아요, 나는 속으로 생각했다. 여자들이 우리를 버리고 떠나죠.

아저씨는 나에게 보수를 지급했다. 안타깝게도 아저씨가 예상보다 일찍 돌아오는 바람에 보름치 보수를 덜 받았고, 결국 '브뢰' 경오토바이를 사서 1인승 안장을 기다란 2인승 안장으로 교체하기에는 돈이 부족했다.

내가 실망한 기색을 내비치자 아저씨는 나더러 자기 수영장 관리하는 일을 계속하면 어떻겠냐고 했다.

"원한다면 개학할 때까지 계속해."

*

그 뒤로 나는 하루 중 대부분의 시간을 집에서 보냈다.

아침에는 나무 그늘 아래에서 만화책을 읽었다. 엄마는 담배를 피우며 경리 공부를 하셨다. 니코틴이 들어가면 집중이 아주 잘 된다고 하셨다. 누가 보면 한 쌍의 학구파 커플이 따로 없었다. 점심때가 되면, 가브리엘 아저씨네 수영장 관리를 하러 갔다가 예전에 빅투아르와 둘이서 발견했던 고분군이 있는 쪽으로 산책을 갔다. 빅투아르와 나는 그곳에 가면 한쪽에 자전거를 세워 두고 유명한 고분이 있는 곳까지 신나게 달려가곤 했다. 우리는 그곳에 2천 년 넘게 잠들어 있는 죽은 이들과 그들이 남긴 한 줌의 재를 떠올렸다. 그러면서 그 사람들이 살아온 이야기를 지어내고, 그렇게 지어낸 인생을 통해 우리의 인생을 써 보기도 했다.

그러고 돌아오는 길이면 어김없이 한층 더 우울해져 있었다.

카브렐은 〈오르 세종〉에서 이렇게 불렀다. '침묵이에요/가장 눈에 띄는 건'

'가장 눈에 띄는 침묵'이 가장 짙게 내려앉은 밤이 되면 나는 언제나 그녀를 생각했다.

그리고 이제 곧 죽을 사람처럼 눈앞에 우리 둘의 짧은 인생 영화 한 편이 주마등처럼 스쳐 지나갔다. 이런저런 약속들과, 자라고 나니 육체의 욕구가 되어 버린 어린애 같은 두려움, 사랑에 빠진 육체의 가벼움을 지닌 웃음소리, 둘을 위해 홀로 꿈꾸었던 모든 꿈까지. 나는 그녀가 내게 바라지 않는 것들까지 꿈꿨었다. 하지만 나는 그저 오빠이자, 친구이자, 시시한 애인이었다. 나는 그저 마음을 터놓는 친구였을 뿐 연인으로 발전될 가능성은 전혀 없었다.

아버지께서 그 옛날 어머니에게 전했던 꽃말로 그녀에게 한 줄의 편지를 써 보려 했지만 잘 써지지 않았다.

언젠가 그녀에게 멋지게 내 마음을 표현하고 싶어서 나중에 작가가 되고 싶다는 생각을 했다. 내 사랑 빅투아르.

*

그해 여름, 8월 10일 화요일, 작은 날개를 축 늘어뜨리고 뼈가 이상하게 꺾인 모습으로 수면에 둥둥 떠 있는 죽은 새 한 마리를 걷어내고 있는데, 가브리엘 아저씨가 거실 창가에서 나를 향해 손짓하며 인사를 했다.

그는 혼자가 아니었다. 그런데 같이 있는 사람은 아저씨의 부인도 아니었다. 아저씨의 부인은 끝내 돌아오지 않았고 아저씨에게는 이미 다른 여자가 곁에 있었다. 아저씨처럼 잘생긴 남자들은 결코 오랫동안 혼자인 법이 없으니까. 그 여자는 곱슬곱슬한 금발 머리였는데, 황금빛 머릿결이 꼭 빅투아르의 머릿결을 떠올리게 했다. 아저씨는 그 여자와 마주 보고 서서 얘기하고 또 얘기했고, 금발 머리 여인은 이따금 아주 새침하게 투정부리듯 고개를 옆으로 돌렸다.

*

8월 11일 수요일 오후 네 시경, 빅투아르가 수영장 근처에 커다란 흰 수건을 깔고 그 위에 엎드려 누워 있는 모습을 보았다. 빅투아르는 내 발자국 소리가 가까워지는데도 놀라지 않았다. 태닝 오일을 발라 번들거리는 벌거벗은 등 색깔이 꼭 노릇노릇 잘 구운 빵 표면의 구릿빛 같았다. 살갗이 엄청 뜨거워 보였다. 순간 내 심장이 터질 듯 부풀어 올랐고 잠자고 있던 밤의 악마가 깨어나 마음속에서 꿈틀거렸다. 빅투아르는 날 기다리고 있었던 사람처럼 내 발소리가 나는 쪽으로 고개를 천천히 돌렸다. 천천히, 얼굴에 띤 미소를 너무 빨리 보여주고 싶지 않은 듯, 기다림에 설렌 모습을 들키고 싶지 않은 듯. 그런데 막상 나를 알아보고는 고함을 꽥 질렀다. 두려움과 화가 뒤섞인 소리였다.

"여기서 뭐해?"

그녀는 능숙하게 흰 수건으로 가슴을 감추며 몸을 일으키더니 언짢은 투로 물었다.

"그러는 넌 여기서 뭐하는데?"

"남이야 뭘 하든. 넌 여기에 무슨 볼 일이 있다고!"

그러고는 그녀가 삐죽거리며 한마디 더 톡 쏘아붙였다.

"그러는 넌 여기 무슨 볼 일이 있는데!"

"나 여기 수영장 관리하는 사람이잖아!"

"아저씨가 내가 원하면 언제든, 아저씨가 있든 없든 여기에 와도 된다고 하셨어!"

빅투아르는 다시 몸을 벌떡 일으키더니 자기보다 키가 30센티미터는 더 큰 나를 거만한 표정으로 째려보았다. 내가 나중에 만난 위험한 불장난을 즐기는 몇몇 여자들이 내게 보낸 것과 똑같은 시선이었다.

"넌 아무것도 몰라."

빅투아르가 수영복을 걸치며 다시 한마디 툭 내뱉었다.

"몰라도 너무 모른다고!"

그길로 그녀는 사라졌다.

*

8월 12일 목요일, 나는 혹시라도 빅투아르를 다시 만나, 그 전날 내가 했던 멍청한 짓을 만회해 볼 수 있을까 해서 같은 시간에 수영장을 다시 찾았다.

나는 마침내 깨달았다.

그해 여름, 단 몇 시간 만에 내 마음에 불을 질러 놓았던 열세 살 빅투아르가 이제 육체에 불을 지르는 열세 살 빅투아르에게 자리를 내주었다는 것을. 나의 육체뿐만 아니라 다른 모든 이들의 육체까지도.

그녀가 눈을 뜨는 순간, 세상의 욕구란 욕구가 모조리 깨어나고 만 것이다.

그날 오후, 수영장 가장자리에 엎드려 있는 네 옆에 가만히 앉아서 네 등과 다리, 목덜미를 어루만지고 싶었어. 감각을 마비시키는 달콤한 감정들은 따로 떼어 놓고 말이야. 노크도 하지 않고 무작정 들어가려고 했어. 언젠가 엄마가 말씀하신 것처럼 내가 너를 납치해서 암컷을 차지하려는 수컷다운 면모를 보여 주고 싶었어. 거친 애인이 되려고 했어. 그런데 정원은 텅 비어 있더군. 널 기다렸는데 오지 않더군. 결국 난 죽고 싶었어.

그래서 나는 해야 할 일을 얼른 해치우고 –수영장 물은 떨어진 낙엽도, 새도, 황금빛 인어도 보이지 않고 그저 깨끗했다– 다시 집으로 돌아갔다.

그날 오후가 끝날 무렵, 엄마는 나더러 비상각 자산 가치 재평가에 관해 물어보라고 하셨다. 나는 엄마에게 만점을 주었고, 만점 받은 기념으로 엄마와 둘이서 릴 시내에 있는 유명 레스토랑으로 저녁을 먹으러 갔다. 엄마는 아름다웠고 어떤 남자 두 명이 그런 엄마를 쳐다보았다. 그중 한 명이 날 보고 미소 지었고 우리는 웃음을 터뜨렸다. '그녀와나'. 그 순간 나는 우리 아버지이자 나이기도 했다. 나는 그녀의 자부심이었다. 엄마는 나한테 빅투아르 이야기를 꺼내는 대신, 몇 주 뒤 내가 겪을 일에 대해 말씀하시며 –새로운 고등학교, 새로운 친구, 새로운 과목– 믿음을 보였다.

"엄마는요, 제가 엄마 옆에 없어도 괜찮아요?"

엄마는 미소를 보였다.

"고맙구나, 아들. 내 걱정은 말렴. 네 아빠가 평생을 살아갈 행복을 내게 남겨 놓고 가셨단다."

*

그다음 날, 나는 수영장으로 갔다. 아저씨의 집 거실 쪽에 여자 실루엣이 또 다시 보였다. 여전히 실루엣만 보일뿐 모습이 제대로 보이지는 않았다. 가브리엘 아저씨가 그 여자와 마주 보고 앉아 있었다. 아저씨가 그 여자에게 뭔가 설득하려고 애쓰는 것처럼 보였다.

하지만 금발 머리 여인은 고개를 가로저으며 완강히 거부했다. 황금빛 메트로놈 같았다.

*

8월 14일 토요일, 가브리엘 아저씨의 모습이 보이기도 전에 목소리부터 들렸다. 아저씨가 밖에 나와 계셨다. 아저씨는 과격한 몸짓과 함께 소리를 고래고래 질러 댔다. 마침내 아저씨 모습이 보이는 순간, 나는 숨이 막힐 뻔했다. 빅투아르가 아저씨 앞에 서 있었다. 그것도 나체로. 그녀는 마욜의 완벽한 나체상이었다.

아저씨가 빅투아르의 뺨을 때렸다. 그러자 빅투아르가 잠시 아저씨를 째려보더니 옷가지와 자기 물건을 챙겨 울면서 뛰쳐나갔다. 그러면서 소리쳤다. **아저씬 아무것도 몰라요! 아무것도 모른다고요!** 잠시 뒤 아저씨가 두 사람이 함께 있는 모습을 내가 목격했다는 사실을 알고는 내 이름을 애타게 외쳤다. **잠깐만! 루이, 잠깐만!** 하지만 나도 뛰쳐나갔다. **잠깐만, 루이, 네가 생각하는 그런 게 아냐, 절대 아니라고!** 나는 나대로 목 놓아 불렀다. **빅투아르! 빅투아르!** 내 목소리가 허공에 부서지며 제비가 날 듯 재빠르게 멀리 뻗어 나가 잃어버렸던 친구에게 다다랐고, 내가 미치도록 사랑했던 소녀를 붙잡았다.

넌 나의 처음이자 마지막 사랑이었어. 넌 나의 빌어먹을 사랑이자 잃어버린 사랑이었어. 짝사랑에 머문 나의 사랑아.

*

일요일 아침에는 아무 일도 없었다.

그런데 그날 오후였다. 나는 정원에 포근히 내려앉은 고요함 속에서 화이트 와인과 시원한 로제 와인을 물 마시듯 들이켜, 술기운이 알딸딸하게 올라 나른한 상태로 몸을 축 늘어뜨리고 있었다. 갑자기 경찰차 두 대의 사이렌 소리가 불꽃이 터지는 소리만큼 세차게 들려왔다. 엄마와 나는 깜짝 놀라 서로를 쳐다보았다. 평소에 사이렌 소리가 거의 들리지 않는 동네였다. 가끔 반대편 고속도로에서 나는 소리가 바람에 실려 날아올 때는 있었지만. 사이렌 소리가 더 커지고, 점점 가까이 들리더니, 마침내 바로 앞에서 울렸다. 나는 서둘러 나가 보았다. 경찰차 두 대가 우리 집에서 몇 미터 떨어지지 않은 곳에 멈춰 섰다. 차에서 경찰관 다섯 명이 내리더니 차례로 차문을 닫았다. 그러고는 가브리엘 아저씨 집으로 가서 초인종을 눌렀다.

잠시 뒤, 아저씨가 수영복 차림으로 정원에서 나왔다. 아저씨가 셔츠를 걸치자 경찰관 두 명이 각각 양쪽에서 아저씨 팔을 붙잡았다.

"가브리엘 들라랑드 씨 되십니까?"

몇 분 뒤, 아저씨가 경찰차 한 대에 떠밀려 탔고 차는 곧바로 부르릉 소리를 내며 출발했다.

내 입은 떡 벌어졌지만 어떤 소리도 밖으로 나올 수 없었다. 고통이 가슴 깊은 곳에 머물렀다. 수천 개의 칼날이 내 목구멍과 심장, 배를 갈기갈기 찢어 놓았다. 내 피가 모조리 날아가 버리는 것 같았고 내 인생도 증발해 버리는 것 같았다. 엄마가 황급히 달려와 나를 안으셨다. 그 순간 엄마와 내가 조반니 벨리니의 작품 〈피에타〉 속 주인공이 되었다. 내가 쓰러졌고 엄마는 그런 나를 붙잡으셨다.

결국 내가 엄마 품에서 미끄러져 스르르 빠져나가기 시작하자, 엄마는 어떻게든 땅이 나를 완전히 집어 삼키지 못하게 하려고 애쓰셨다.

*

당연히 우리는 무슨 일이 있었는지 곧바로 알 수 없었다.

침묵이 오래 이어지자, 결국 말도 안 되는 억측들이 여기저기서 들려왔다. 어떤 사람은 가브리엘 아저씨가 여자애를 학대했다고 했다. **그렇게 잘생긴 남자들은 늘 굶주려 있다고, 내 말이 틀림없다니까. 강간당한 거지.** 또 어떤 사람은 아저씨가 여자애를 납치하려고 했다고도 했다. **그런 남자들 속은 아무도 모른다니까.** 빅투아르가 가위로 동맥을 끊었다는 얘기부터 빅투아르 엄마가 먹는 약봉지–바리움, 모가돈, 프로작–를 털어 넣었다는 얘기까지 들려왔다.

그 외에도 이런저런 얘기들이 난무했다. 여기저기서 남의 불안과 공포를 있는 대로 끌어모아다가 자기 악운을 쫓는 데 썼다. 레오 페레가 부른 노래 가사처럼. '불행에도 좋은 게 있다면, 그건 언제나 남의 불행이겠지'.

나는 빅투아르 집을 끈덕지게 드나들기로 마음먹었다. 하지만 덧문은 늘 굳게 닫혀 있었다. 가끔 빅투아르 방 덧문 사이로 빛이 새어 나올 때가 있긴 했지만. 빅투아르 아버지조차 밖을 드나들지 않았다. 나는 월요일 온종일 빅투아르 집 앞을 서성였고, 밤까지 꼬박 샜다. 충직한 개가 기운을 잃고 주인 아가씨 무덤 앞을 지키고 서 있는 것처럼. 주인을 지켜 내지 못한 못난 개처럼.

화요일 아침이 밝자, 엄마가 코코아 한 잔과 버터 크루아상 두 조각을 내게 가져다주셨다. 엄마는 축축한 풀밭 위에 웅크리고 있는 내 옆에 앉으셨다. 슬픈 미소를 살포시 지으시며 나를 빤히 바라보셨다.

얘야, 지쳐 보이는구나. 나는 숨을 크게 들이쉬고는 괜찮은 척 허세를 부렸다. **괜찮아요, 엄마. 저 안 피곤해요.** 마음이 한결 놓인 나는 뜨거운 코코아를 마시다 입술을 데었고, 크루아상도 한입에 꿀꺽 삼켰다. **오늘 아침에 가브리엘 아저씨 돌아오셨어.** 엄마가 속삭이며 말씀하셨다. 나는 흠칫 놀랐다. **그리고 빅투아르도 이제 괜찮대, 아저씨는 빅투아르를 건드린 적 없대, 그냥 뺨을 한 대 때렸을 뿐이래, 어른이 나쁜 짓을 저지른 아이한테 하듯 말이다, 잘못을 확실히 알려주려고. 나쁜 짓이요?** 엄마는 아주 부드러운 목소리로 천천히 말씀하셨다. **빅투아르가 가브리엘 아저씨를 유혹했다더구나. 아저씨를 원한 거지. 꼭 어른들이 하듯이 몸까지 바치겠다고 했대.** 내가 그토록 바라 왔던 약속을 빅투아르는 다른 남자한테 바치려고 했던 거였다. **그런데 아저씨가 안 된다고 했대. 당연히 그럴 수밖에 없었겠지. 빅투아르를 이성적으로 설득해 보려고도 했대. 그런데 그게 한 번, 두 번, 세 번 이어지다 안 통하니 결국 뺨까지 때리게 된 거지. 결국 빅투아르는 상처를 입고 잔뜩 흥분한 채 집으로 돌아갔고, 나중에 욕실 서랍에서 찾은 약봉지를 모조리 털어 넣었다는구나.**

"죽으려고 했대요?"

나는 새파랗게 질린 얼굴로 물었다.

"글쎄다."

엄마가 대답하셨다.

"아마도 자기 속에 들어 있는 무언가를 죽이려고 했던 거 아닐까?"

그녀의 어린애티를?

*

그해 여름 나는 빅투아르를 다시 만나지 못했다.

나는 그녀에게 편지를 써서 그녀 집 앞에 갖다 놓았지만 답장은 한 번도 받지 못했다. 누군가가 그 편지를 그녀에게 전달해 줬는지 어쨌는지도 알 길이 없었다.

개학을 하고 빅투아르는 스위스에 있는 몬테 로사 학교로 입학 등록을 했다. '가치 있는 노력을 다하라'라는 교훈 아래, 삶의 지혜를 존중하고 이웃을 공경할 줄 알아야 한다고 가르치는 곳이었다. 빅투아르의 아버지는 아내가 시 창작 활동을 하는 데 지원해 주던 돈을 끊고 추방당한 딸의 타지 생활비 마련을 위해 대출을 받았다.

한편, 가브리엘 아저씨는 자기 집을 내놓았다. 내가 반대했다. **아저씨는 아무 잘못도 안 했잖아요!**

아저씨는 멍하니 미소를 지으며 말했다.

"늘 꼬리표가 따라 다닐 거야. 여기에 계속 있으면 꼬리표는 어느새 위험한 존재가 되어 버리겠지."

아저씨는 내 머리카락을 헝클어뜨렸다. 순간 아버지가 아들한테

하는 듯한 행동에 기분이 좋아졌다.

“루이, 널 알고 지내서 좋았단다. 넌 순수한 녀석이야, 정말로. 그 모습 그대로 간직하렴.”

우리는 그 뒤로 다시는 만나지 못했지만, 가끔 ‘도깨비불’이나 ‘수영장’을 볼 때면 아저씨의 고독한 멋이 새삼 떠오르고, 자식이 없어서인지 조심스레 내비치던 아버지로서의 모습이 그리워졌다.

엄마는 면접을 몇 군데 봤지만 붙은 곳이 한 곳도 없었다. 엄마는 한동안 환멸감에 빠져 계셨다. 아버지 사진들을 꺼내 보실 때가 잦았고, 마티니에 다시 손을 대기도 하고, 많이 우셨다.

내가 매일 저녁 식사를 차렸다. 게다가 엄마가 너무 피곤해하시거나 만취하신 날이면, 엄마가 잠자리에 들 때 옷 벗는 일까지 도와드리기도 했다. 나는 늘 그날 하루 동안 있었던 일을 들려드렸다. 그러면 엄마 마음이 편안해지셨다. 우리 중 한 명이 아직 살아 있다는 거였으니까.

엄마와 나는 빅투아르 얘기는 절대 꺼내지 않았다. 하지만 나는 그녀가 그리웠다. 우리의 유년 시절이 그리웠고, ‘브뢰’ 경오토바이를 함께 타겠다는 꿈이 그리웠고, 둘이서 함께 맞이했던 아침이 그리웠다.

시간이 흘렀지만 나는 여전히 그녀를 사랑했다.

*

그다음 해 여름—끝내 세상에 종말은 찾아오지 않았다—, 나한테서도 제법 남자 느낌이 났다. 나는 큰 키에 마른 체형이었다. 동네 여자애들은 내가 지나가면 나를 쳐다보고 미소를 지어 보였다. 어떤 남자애들은 나를 자기들 무리에 합류시키려 애쓰기도 했다. 하지만 나는 혼자 있는 게 더 좋았다.

그해 여름, 엄마와 나는 이탈리아로 떠날 준비를 했다. 엄마는 안정을 되찾으셨다. 오샹 마트 계산원 자리를 구하셨다. **경리 공부하는 데 도움이 되겠지, 뭐!** 엄마는 체념하고 미소를 지으며 말씀하셨다. 나는 엄마를 사랑했다. 엄마는 강인하면서도 또 한편으로는 여리셨다. 그래서 엄마한테는 내가 필요했다. 엄마는 이탈리아에 관해 작은 꿈을 간직하고 계셨다. 시에나에 있는 거대한 캄포 광장과 웅장한 두오모 성당을 아버지와 함께 보는 꿈.

그해 여름, 나는 빅투아르를 다시 만났다. 아주 잠깐.

그녀는 언니 폴린과 함께 있었다. 두 사람은 낡은 자동차 트렁크에 짐을 싣고 있었다. 내가 그녀를 보고 손 인사를 했다. 그러자 그녀가 나를 쳐다보았다. 그녀도 성숙해진 모습이었다. 여인의 향기가 조금씩 나는 듯했다. 촌스럽게 화장을 하고—파란색 아이섀도와 새빨간 입술—, 불량스레 껌을 씹고, 밑단이 뜯어진 딱 달라붙는 짧은 청바지를 입고 있었다. 언니와 판박이 같은 모습을 하고 있는데도 내 눈엔 더 예뻐 보였다.

빅투아르는 내 인사를 받아 주었다. **어디 가? 스페인! 너는? 이탈**

리아! 우리는 웃었다. 좋았다. 뜻밖의 시간이었다. 잠시 뒤, 빅투아르가 자동차에 올라탔고 폴린이 시동을 걸어 출발했다. 그게 전부였다.

*

가끔 주황색 벽돌집이 있는 곳까지 가곤 했다. 그러면 빅투아르의 엄마는 내게 영국식 차를 한잔 내주셨다. 그렇게 둘이 마주 앉아 그녀가 더는 시를 쓰지 않게 된 이야기도 하고, 빅투아르에 대한 이야기, 빅투아르가 그립다는 이야기도 했다.

빅투아르의 엄마는 가끔 내게 그녀 소식을 전해 주고, 짧은 편지도 읽어 주고, 빅투아르가 받은 성적표도 자랑스럽게 보여 주었다. 하루는 몬테 로사에서 찍은 빅투아르 사진 한 장을 내게 건네셨다. 드넓은 목초지와 높은 알프스 산을 배경으로 찍은 사진은 꼭 멋진 밀크 초콜릿 광고지를 보는 듯했다. 이제 막 열여섯 살이 된 빅투아르는 머리카락을 짧게 자르고 에메랄드빛 눈동자를 반짝이며, 행복하고 환한 미소를 짓고 있었다. 나는 흘러내리는 눈물을 참을 수가 없었다.

나는 빅투아르의 엄마에게 언젠가 꼭 빅투아르를 다시 이곳으로 데려오겠노라고 약속했다.

*

빅투아르가 집을 찾지 않은 지 1년이 넘었다. 그녀는 여름휴가도 스위스의 기숙 학교 친구들 집에 놀러가, 그곳에서 지내고 싶어 했다. 자신의 수치스러운 여름과 최대한 먼 곳에서. 가끔 그녀에게 편지를 썼지만 정작 부치지는 못했다.

"여자애들을 좀 만나 봐, 사랑에 빠져 보라고. 과거는 잊어. 빅투아르는 잊으라고."

엄마가 내게 애원하듯 말씀하셨다.

나는 그저 미소만 지었다.

"단 하나의 사랑만 간직한 부인께서 그런 말씀을 하시다니, 참 잘 어울리네요."

대입 자격시험을 치르고 그다음 해, 나는 릴 3대학 현대 문학 학부에 들어갔다. 보들레르와 브르통, 미슐레, 이오네스코를 파헤치며 예전에 빅투아르에게 약속했던 멋진 말들을 고민했다. 그녀를 사랑에 빠지게 만들 말들을.

마침내 2004년 4월 14일, 그녀가 열여덟 살이 되던 날을 시작으로, 빅투아르가 룸메이트와 함께 살고 있는 샹베리 아파트에 매일 꽃을 보내기 시작했다.

그때 내 나이가 꼭 스무 살이었다. 언젠가의 아버지와 같은 나이.

흰 플록스 : 이게 내 사랑이야. 참빗살나무 : 네 모습을 내 마음속에 새겼어. 오이풀 : 내 사랑은 오직 너뿐이야. 야생 장미 : 어디든 널 따라갈 거야. 알록달록한 튤립 : 네 눈이 참 아름다워. 연보라 아이리스 : 네 눈빛이 날 사로잡아. 빨간 국화 : 사랑해. 동백꽃 : 널 영원히 사랑할 거야. 분홍 장미 : 넌 정말 아름다워.

그리고 마지막으로 빨간 장미 열두 송이 : 나랑 결혼해 줄래?

*

나는 아무런 대답도 듣지 못했다.

내가 보낸 꽃은 모두 시들어 버렸겠지. 분명 빅투아르는 한바탕 크게 웃었겠지. 어른의 모습을 꼭꼭 감춰 두고 밖으로 나오지 못하게 하는 내 안에 있는 어린아이 같은 모습을 비웃었겠지.

여전히 내 귓가에는 이 말이 맴돌았다. '너랑 함께 있을 땐 손끝이 찌릿찌릿하지 않아'.

그녀는 열세 살이 되던 여름에 떠났다. 우리의 경쾌함과 밝은 웃음, 내 불멸의 사랑, 그녀가 처음으로 흘린 피까지 모조리 가져가 버렸다.

나는 계속 그녀를 기다렸지만 나의 기다림은 남자들의 매력적인 야성미에 비하면 보잘 것 없었다. 그녀는 나 없이 성숙했다. 그녀는 나 없이 아름다워졌다. 그 누구도 마음대로 가질 수 없는 아름다움을 가졌다. 상대방을 고통스럽게 하는 아름다움. 그녀는 나 없이 사랑했고 나 없이 소리쳤다. 여자가 된 몸은 다른 남자들 품에서 눈을 떴다. 납치범과 약탈범, 가을이 시작되면 어김없이 전리품을 버리고 다른 곳으로 떠나는 여름의 연인들 품에서.

나의 마지막 눈물은 도무지 마를 기미가 보이지 않았다. 링에서 펀치를 신나게 얻어맞으며 나의 쓰라린 고통을 잊어 보려 했다. 다른 여자 품에서 잊어 보려 애썼다.

나를 어루만져 주는 손길들 속에서 이리저리 방황했다. 닮은꼴의 옅은 금발 머리 여자들 품에 빠져 있었다. 그 여자들은 아침마다 내가 절대 지키지 못할 약속을 애원했다.

결국 나는 꽃과 시, 여자아이들의 웃음을 경계하기에 이르렀다. 데이트라고는 하지 않았고 매주 주말마다 엄마가 있는 집으로 돌아와 철든 아들이 되었다.

엄마는 내게 마지막 사실을 알려 주셨다. 사랑의 슬픔 또한 사랑의 한 형태라고.

지독하게
남자 운이
없는 여자

35년 전 내 생애 첫 혁명 기념일 때에도 아마 이곳, 이 해변에 있었지 싶다.

몸에 꼭 맞는 꽃무늬 수영복을 입고, 햇빛이 들지 않게 가리개를 길게 달고, 별로 있지도 않은 벌과 개미가 들어오지 못하게 촘촘히 짠 레이스가 달린 작고 알록달록한 파라솔로 가린 채, 보드라운 수건 위에 누워 있었을 게 분명하다. 원래 첫째들은 늘 별것 아닌 일에도 온 열정을 쏟아붓는 새내기 부모님의 희생양이 되는 법이니까.

나는 늘 여름을 이곳에서 지내 왔다. 면적이 고무줄처럼 늘었다 줄었다 하는 12킬로미터짜리 해변—조수 간만의 차가 커서—과 파리 거리에 있는 아담하고 눅눅한 아파트 사이를 왔다 갔다 했다. 투케가 여전히 '파리 해변'으로 불리던 시절, 할머니께서 살던 아파트였다. 나는 쭉 외동딸로 지냈다. 책이나 영화를 친구 삼아 여름휴가를 보내기가 일쑤였고, 휴가철에만 임시로 아파트를 빌려 휴가를 지내러 오는 가족들 중에 또래 친구들이 있으면 가끔 같이 놀기도 했다. 하지만 그 친구들은 그때뿐이었다.

나는 이곳에서 이런저런 추억들을 쌓았다. 누텔라 바른 크레페와 파라솔과 덱 체어를 휩쓸어 갈 정도로 거센 바람에 대한 기억부터, 남편들은 저 멀리 사무실이나 다른 도시, 다른 유혹에 이끌려 가게 두고 강둑에서 홀로 우울한 표정으로 유모차를 밀고 있는 젊은 여자들이나, 찬물에서 했던 물놀이와 가까이 사는 중학교 1학년 어린 친구들과 숨넘어갈 정도로 웃었던 기억까지.

초콜릿 가게 '사 브뢰'에서 사 먹었던 초콜릿과 주말마다 교회 근처에서 열리는 제법 큰 장터에서 팔았던 왕토마토 설탕 절임, 아삭아삭한 엔다이브도 빼놓을 수 없다.

이곳에서 혁명 기념일을 보냈던 날은 거의 빠짐없이 기억이 난다. 아빠는 나를 앉혀 놓고 역사가라도 된 듯, 네케르의 파면이 있은 뒤 1789년 7월 12일, 카미유 데물랭이 팔레 루아얄에서 민중들의 봉기를 촉구하는 선동 연설을 펼쳤던 이야기를 실감나는 연기까지 더해가며 하나도 빠뜨리지 않고 들려 주셨다. 시위가 벌어졌던 이야기와 독일군이 튀일리 궁에 기습 개입했던 이야기도 해 주셨다. '파란만장하고, 무겁고도 어두운 시절, 불안하고 비통한 꿈을 꾸는 듯한 시절'

에 대한 이야기도 해 주셨다. 민중들이 앵발리드에 가서 무기 지급을 요구했던 7월 14일의 아침, 바스티유 감옥과 앵발리드를 수비하던 병사들은 민중을 향해 한 차례 발포했다. 오후 다섯 시 무렵, 바스티유 감옥 수비대가 반드시 협정을 지키겠다는 약속을 하며 항복했고, 마침내 시위자들이 감옥을 점령해, 안에 있던 죄수들을 풀어 주었다. 수백 명이 수감되어 있어야 할 곳에 정작 죄수는 일곱 명도 안 되었고 그중에서도 네 명은 그냥 도둑이었다. 아빠는 역사가 만들어낸 이 어마어마한 불화들과 일의 흐름을 바꾸어 놓은 여러 우연들에 대해 말씀하시며, 나에게 앞으로 늘 자유롭게 살겠다는 약속을 하자고 제안하셨다. **내 말 알아들었지, 이자벨? 네, 아빠.** 그렇게 나는 무슨 뜻인지 제대로 알지도 못하면서 아주 중요한 약속을 해 버렸다.

한번은 혁명 기념일에 아빠가 우리와 함께하지 못한 적이 있었다. 기념일 몇 주 전에 아빠 심장에 뭔가 이상이 있다는 것을 발견했고, 검진 결과가 나왔는데 심각했던 것이다. 결국 아빠는 브라우닝식 자동 권총을 쏴 심장을 멈춰 세웠다.

나는 살면서 남자 운이 좋았던 적이 없었다.

지금 떠올리면 고통스럽지만 투케에 관해 잊을 수 없는 추억의 순간도 간직하고 있다. 해변의 알록달록한 탈의실 뒤편에서 했던 여름날의 첫 키스. 나는 생애 처음으로 황홀경에 흠뻑 빠졌고 2주 동안 행복 그 자체의 시간을 보냈다. 매일 해가 질 무렵, 서로 헤어져야 하는 순간이 오면 죽고 싶을 정도였다. 우리의 밤은 또 어떻고. 서로가 멀리 떨어진 채 우울함을 가득 안고 서로에게 편지를 쓰며 보냈던 밤들. 서로의 입술과 손길에 대한 갈망과 서로에 대한 모든 굶주림을 신선하고 과감한 말에 실어 절절히 종이를 채워 나갔다. 제롬. 가슴 깊이 묻어 두었던 이름 두 자를 아주 오랜만에 꺼내어 불러 보았다. 제롬.

나는 수차례 생각했다. 우리가 계속 함께였더라면, 어떤 풍파가 몰아쳐도 서로를 붙들어 맬 용기가 있었더라면, 그해 여름, 우리가 처음이라는 것에 대한 두려움을 극복했었더라면, 지금 우리의 인생이 어떻게 되었을까. 마지막 날 밤, 나는 좋다고 말하고 싶었다. 큰맘 먹고 사랑을 고백하고 싶었는데, 그는 그저 나를 가만히 껴안기만 했다. 나는 그 품 안에 스르르 녹아 들어가고 싶었다. 나를 온전히 다 주고 싶었다. 그의 품이 나를 숨 막히게 할 만큼. '정말로' 숨 막히게 해서 여자로서 처음으로 내뱉은 좋다는 말이 나의 마지막 숨결이 될 수 있도록.

그때 난 열다섯 살이었고, 그때부터 벌써 죽도록 사랑하기를 꿈꿨다. 하지만 매일 아침은 잔인하고, 새벽은 차가울 뿐이었다.

나는 살면서 남자 운이 좋았던 적이 없었다.

그해 여름이 끝나갈 무렵, 나는 릴 근처에 있는 우리 집으로 돌아왔다. 아버지가 총을 쏴 자기 심장에서 들리던 귀에 거슬리는 소리를 멈추게 한 끔찍한 곳. 형제자매도 없고, 그네도 없고, 저 멀리 추억 속 웃음소리 말고는 그 어떤 웃음소리도 들리지 않는 정원을 다시 찾았다. 나는 다시 인생을 이어 나갔다. 엄마는 내게 이 세상에 죽어도 잊을 수 없는 사람은 있을 수 없다고 가르쳐 주셨다. 하지만 나는 끝내 오지 않은 제롬의 편지와 꽃, 라디오에서 흘러나오는 사랑하는 이에게 바치는 노래, 혁명 기념일에 주는 선물, 하다못해 미신까지, 이 모든 것에 대한 미련을 버리지 못하고 그저 기다렸다. 결국 절절한 사랑을 해야 할 나이에 나는 침묵을 배웠던 것이다.

열일곱 살, 나는 제롬과 이름이 같은 남자에게 몸을 주었다. 나의 첫 번째 경험은 무덤덤했다.

몇 년 뒤, 남편을 만났다. 농담이 아니라 정말로 남편을 만났다. 무척 매력적이고 인물도 준수한 남자였다. 원래 여자들은 굶주리면 잘생긴 남자를 찾아내는 능력이 생기니까. 그는 강렬한 눈빛과 매력적인 목소리, 순진한 말투를 지닌 남자였다. 한번 붙잡히면 빠져나오기 힘든 남자였다. 그렇게 며칠 밤 사랑을 나누고, 흥분된 순간과 함께 감미로움, 불안, 위안이 뒤섞인 순간을 지낸 뒤, 나는 임신을 했다.

나는 살면서 남자 운이 좋았던 적이 없었다.

*

지금 내 나이 서른다섯. 예의 바르고 야무지고 사랑스러운 아홉 살 난 아들이 하나 있다. 그리고 아직 젊고 꽤나 낙천적인 엄마도 계신다. 파코 라반은 -한때 엄마가 가장 좋아하는 의상 디자이너 중 한 사람이었다- 1999년 12월 31일에 세계의 종말이 올 거라고 예언했단다. 정확히 170일 뒤면 그날이다.

엄마는 자기 앞으로 들어 놓은 생명 보험을 해지하는 게 맞는 것 같다고 하신다. 세상 사람들이 모두 죽을 텐데 보험을 들고 있어 봤자 뭐하냐고, 죽기 전까지 매일 파티를 하고, 그게 아니면 적어도 매일매일 그 돈을 쓰면서 즐겨야 하는 거 아니냐고.

그리고 아들은 이렇게 묻는다. **크리스마스가 오면 세상이 끝날 텐데 방학 끝나고 뭐 하러 다시 학교에 가요?**

그리고 나는 속으로 생각한다. 한 줌의 재가 되기 전에 위대한 사랑, 불꽃 같은 사랑을 한번 해 봐야 하는 거 아니냐고.

*

나는 직업 고등학교에서 매니저 같은 일을 맡아서 하고 있다. 새 규정에 따라 내가 맡은 자리를 '부관리자'라 부르기로 했다. 하지만 학생들이 자기들끼리 얘기할 때, 나를 '짭새'라고 부르는 걸 알고 있다. 심지어 가끔은 '비열한 짭새'라고 부를 때도 있다. 나는 학교 비품을 구매하고, 학교 식당 경쟁 입찰도 진행하고, 학교 소개 전단지 및

소책자 만드는 일도 한다. 만들어 놓은 전단지는 학생 휴게실 탁자 위나 채용 박람회 전시장에 쌓아 두는데 대부분은 결국 바닥에 버려지고 만다. 그리고 전화기와 용지 묶음, 화장실 휴지, 비누, 바닥 청소용품, 빗자루, 양동이, 컴퓨터, 토너, 기계학과 학생들에게 필요한 10밀리미터 및 12밀리미터, 14밀리미터 스패너, 미용학과 학생들에게 필요한 샴푸, 고효율 전등 구입 가격 협상도 한다.

내가 하는 일이 썩 마음에 들진 않는다.

하루 종일 케케묵은 분위기 속에서 지내며, 지루함에 숨이 막힐 지경이다. 하지만 애 아빠가 빈손으로, 정말로 아무것도 챙기지 않고 – 내가 만지거나 사거나 쓰다듬거나 읽거나 듣거나 눈독 들인 모든 물건들이 오염이라도 된 것처럼– 매정하게 떠난 뒤로, 나는 하루라도 빨리 일거리를 찾아야만 했다. 제일 먼저 구해지는 일자리에 가야만 했고 그 자리가 바로 여기였다.

남편이 나를 떠났다.

어느 날 아침, 그가 일어나 나를 향해 미소를 지어 보였다. 내 기억엔 아주 따뜻한 미소였던 것 같다. 그러더니 아주 짧게 한마디 툭 내뱉었다.

"그만하자."

그리고는 우리 집 대문을 향하더니, 춥고 비 내리는 날씨였는데 외투도 챙기지 않고 밖으로 나갔다. 뒤도 한번 돌아보지 않고 우리 차를 지나갔다. 나는 총이라도 맞은 것처럼 그 자리에 굳은 채로 그의 모습을 바라보았다. 소리칠 힘조차 없었다. 화낼 힘도, 손가락 하나 까딱할 힘도 없었다. 그렇게 그의 실루엣은 사라졌고, 나는 그 자리에 멍하니 서서, 무슨 일이 있어도 영원히 날 사랑해야만 하는 사람이, 자식까지 같이 낳은 사람이 증발해 버린 자리를 응시했다.

며칠 뒤, 경찰서에 남편 실종 신고를 하러 갔다. **나이는 마흔 살, 갈색 머리에 꽤 잘생겼어요. 사라진 날 아침, 베이지색 바지에 흰 셔츠 차림이었던 것 같아요. 아뇨, 특별한 징후는 없었어요.** 그러자 경찰서에 있는 사람들이 악의 없이 웃어 보였다. 그저 어처구니없는 진부한 이야기였으니까.

순간 수치심이 밀려와 고개를 숙였다.

그는 그 뒤로 릴 리우르 광장 8번지에 있는 크레디 뒤 노르 사무실에 출근도 하지 않았다. 은행 지점장은 자기도 아는 바가 전혀 없다고, 자기한테도 힘이 쭉 빠지는 소식이라고 했다. 지점장이 무슨 말을 하려는 건지 잘 몰랐지만.

남편과 내가 함께 어울리던 친구들한테도 전화를 해 보았지만 그들도 전혀 소식을 몰랐다. 그중 몇몇은 날 안심시키려 애썼지만 그런 말을 들을 때마다 오히려 나는 더 겁이 났다.

그렇게 시간은 속절없이 흐르고 남편을 다시 만날 거라는 희망도 저 멀리 날아가 버렸다.

결국 나는 끝내 찾지 못한 사람한테서 나를 도려냈고, 우리가 함께 보낸 시간들을 텅 빈 관에 묻었다. 묵념할 무덤은 없었다. 슬픔을 새길 비석도 없었다.

남편이 사라지고 1년 동안은 내가 매일 눈물로 밤을 지새운 탓에 아들을 엄마 집에 보냈다. 이유도 모른 채 버림받는 건 사람을 미치게 만드는 일이니까. 선택받지 못하고 버려지는 건 끝없는 좌절 같은 거니까. 내가 저녁마다 부엌에서 식칼로 팔뚝을 긋고, 밤마다 허벅지를 그어 댔으니까. 고통이 살갗에 그대로 아로새겨져 사라질 기미가 보이지 않았으니까.

나중에는 그 고통을 다른 남자들 품에 빠뜨려 없애 보려고도 했다. 하지만 그게 불행의 씨앗이었다.

나는 그들이 나를 격렬히 공격하도록 내 몸을 온전히 내맡기는 순간과 흥분 속에서 허우적거렸다. 어느 순간부터 나는 너무도 쉽게 'yes'라고 내뱉게 되어 버렸고, 너무도 쉽게 입술과 몸을 내주었다. 내 살갗에 깊게 패인 슬픔에 관해 한마디 묻지도 않고, 나한테 아무것도 요구하지 않는 남자들 품에서 이리저리 방황했다.

그러다가 마침내 아들이 다시 집으로 돌아왔다. 엑토르는 일주일에 한 번씩 꾸준히 정신과 상담을 받았고, 지금도 받고 있다. 우리는 이해하려 애쓰지 않았다. 하루는 아들이 내게 말했다. 아빠는 별똥별 같다고. 별똥별은 우리 눈에 보였다가 어느 순간 눈앞에서 사라지니까. 하지만 별똥별은 아주 사라지거나 없어진 게 아니라, 어딘가에 여전히 존재하고 있다고. 우리가 없는 세상에.

아들과 둘이서 집에 페인트칠도 새로 하고, 방 가구 배치도 바꾸고, 어떤 가구는 태워 버리고, 새로운 걸로 들여 놓고, 마당에 꽃도 심었다. 아들이 알려 준 '상처 난 마음을 고치는 치료제'라는 꽃말을 지닌 서양 톱풀과 '슬픔, 고통'이라는 꽃말을 지닌 알로에, '어떤 어려움도 이겨 낸다'는 꽃말을 지닌 겨우살이를 심었다.

마침내 우리는 웃음을 되찾았다. 천천히 빛이 들어와 어둠의 목을 죄어 왔다. 우리는 투케로 다시 돌아와, 진짜 가족이 되려고 애썼다. 생장 거리에 있는 크레페와 '사 브뢰' 가게의 초콜릿을 사 먹고, 워터파크에 가서 스릴 넘치는 물 미끄럼틀도 타고, 페라르 가게에 가서 생선 수프도 먹고, 관광용 네발자전거도 타 보고, 해가 저물 무렵, 밖에서는 바람이 거세게 불고 방파제에 물이 출렁이는데도 한번 시작한 모노폴리 게임은 멈출 줄 몰랐다.

그렇게 세기 마지막 7월 14일이 다가왔다.

*

나는 취한 상태로 거의 두 시간 가까이 춤을 추고 있었다. 프랑수아즈 아르디가 부른 노래 가사처럼. '너무 많이 먹고 마시고/너무 많이 피워서/파묻혀 버린 몇 번의 키스'.

강둑에서는 오랜 시간 동안 템포가 빠른 곡들이 이어졌다. 그러다

오케스트라단이 카브렐의 새 히트곡 〈오르 세종〉의 첫 소절을 연주하기 시작했다. 몇몇 남자는 느린 멜로디를 구실 삼아 여자들에게 다가가 몸을 맞대고는 살갗과 성기를 흥분시키는 전희를 일삼았다. 그리고 끝내 차갑고 어두운 모래 언덕이나 바닷가 민박집의 눅눅한 방을 찾아 그녀들을 탐하고 잡아먹었다.

나는 몇몇 남자들과 춤을 추었지만 그 누구에게도 마음을 열진 않았다.

하지만 마음을 열어도 문제될 건 없었다. 나한테는 이제 남편이 없었으니까. 내가 가진 거라곤 하루아침에 남편이 사라졌다는 고통스러운 기억뿐이었고, 그 뒤로 내 마음 속에는 남자들이 하는 약속에 대한 경계심이 단단히 박혀 버리고 말았다. 그리고 오직 열렬한 욕정만이 뜨겁게 불타오를 수 있다는 확고한 신념도 자리 잡았다. 사랑이란 열렬한 욕정을 감당하지 못하는 사람들을 위해 억지로 만들어 낸 미적지근한 거라고.

하지만 마음을 열어도 문제될 건 없었다. 아들 엑토르는 파리에 있는 아파트에 친정 엄마와 같이 있었으니까. 분명 그 순간 발코니에 나와 무릎에 얇은 담요를 덮고 -우리 엄마를 잘 아니까- 발치에 따뜻한 코코아 잔을 두고, 불꽃놀이가 시작되기만을 기다리고 있었겠지. 두 사람은 나를 기다리지 않았을 것이다. 코코아를 한 잔 든 채 노랑, 빨강, 초록 별들을 눈에 한가득 담으며 불꽃놀이를 끝까지 즐긴 뒤 자러 갔을 테니까.

남자 운이 없는 나는 가끔 몇몇 남자들을 쫓아다니기도 했다. 아무 말도 하지 않거나 또는 아무것도 묻지 않고 뒷일은 전혀 생각하지 않는 남자들. 그들은 탄탄한 근육과 새로운 얼굴로 축축한 허벅지와 나의 젖어 있는 막다른 골목을 찾아다녔다. 발톱으로 상처를 내고 손톱 자국까지 내며 두려움이나 쾌락을 써 내려갔다. 두 번은 없었다. 그저 단 한 번의 황홀경으로 모든 것을 끝냈다.

나는 춤추는 사람들에게서 멀어졌다. 등 뒤로 흐르는 음악에 실려 로트에가론 출신 가수의 우수 어린 가사가 들려왔다.

도시가 시들어 가네
짙은 안개 속에서
끝없이 이어지는 분노가
너무 가까이 있네

나는 담배를 한 대 새로 꺼내 불을 붙였고, 담배 연기는 아주 작은 구름을 만들며 어둠 속으로 날아올랐다. 그 연기가 완전히 사라질 때까지 내 시선은 그것을 쫓았다. 누군가가 나를 떠나 사라지고 난 뒤에도 여전히 그곳을 바라보듯.

나는 양말을 벗어 손에 들고 차가운 모래 위를 걸어 바다를 향해 갔다. 바다는 멀리 있었다. 수 킬로미터는 되는 것 같았다. 그런데도 바다가 반복적으로 들려주는 단조롭고 둔탁한 노랫소리는 아주 가까이에서 들리는 것만 같았다. 나는 어렸을 때, 밤에 바다까지 걸어가는 것을 아주 좋아했다. 가끔은 동네 꼬마 친구들과 모여 어느 상냥한 친구 엄마와 함께 밤바다에 갔다. 어두컴컴한 바다의 코앞까지 갈 적이면 한두 번씩 잠든 괴물을 본 것 같은 기분이 들었다.

하지만 괴물들은 결코 잠을 자지 않는 법이라 했다. 그것들은 어둠이 내리면 어린 여자아이들을 훔쳐다가 토막을 내 버린다고들 했다.

좀 더 북쪽에 있는 아르들로 해변 근처에서 새까만 밤하늘을 알록달록한 꽃무늬 불꽃으로 수놓기 시작했다. 그러자 바다는 반짝이는 조각들과 에메랄드, 루비, 남옥 빛깔의 작은 물방울들을 가로챘고, 물방울들은 수면에 닿자마자 사라졌다.

동쪽에서 바람이 불어왔다. 서늘한 공기에 몸이 떨렸다.

바다에 더 가까이 다가가려는데, 순간 투케 해변에서도 불꽃놀이가 시작되었다. 아이들이 '오', '아'하고 외치는 소리가 바람결에 실려왔다. 슬며시 미소를 지었다. 하늘에서 번쩍거리는 불꽃들이 몇 초 동안 해변을 밝혔고, 내가 바다에 닿을 때까지 지나가야 할 길을 보여 주었다. 순간 괴물의 입속에서 해수욕을 했던 기억이 떠올랐다. 새파랗게 질린 얼굴로 벌벌 떨면서도 살아서 빠져나왔던 그때가 생각났다.

10여 분이 흘러 이제 불꽃놀이는 끝을 향해 가고 있었다. 그런데 거대한 금빛, 은빛 별 다발이 하늘을 수놓는 순간, 물가에 사람이 누워 있는 것 같은 모습이 희미하게 보였다. 꼼짝 않고 불쑥 솟아 있는 거무스름한 바위 같았다.

제일 먼저 떠오른 건 술주정뱅이였다. 술에 잔뜩 취해 한밤중에 해수욕을 하려다가 결국 정신을 잃고 그곳에 덩그러니 버려진 채 있는 사람일 거라고 생각했다.

궁금한 마음에 아주 조심스레 다가갔다.

"이봐요, 내 말 들려요?"

하늘에서 잠시 반짝이는 금빛 불꽃 다발이 누워 있는 사람을 밝혔다. 나이가 많은 남자였다. 꼭 헐벗은 나무 같았다. 양손은 창백하다 못해 거의 푸르스레한 색이 감돌고, 손가락은 마치 잔뿌리 열 개가 박힌 듯 모래 속에 박혀 있었다.

두 발짝 떨어진 곳에 멈춰서 다시 물었다.

"내 말 들려요?"

노인은 미동도 하지 않았다. 한쪽 발은 양말을 신고 다른 한쪽은 맨발이었다. 바지는 너덜너덜해진 모습이었고, 흰 셔츠는 날카로운 조개껍데기에 걸려 이리저리 찢겨 있었다. 멀리 배가 보이지도 않고 근처에 술병도 없었다. 나는 한 발짝 더 다가가 차가운 모래밭에 무릎을 꿇고 앉았다. 겁이 나서 만져 볼 수가 없었다. 나는 주변에 있는 막대기를 하나 집어 들어 그걸로 그 사람 어깨를 살짝 건드려 보았다. 점점 더 세게.

꼼짝 않던 사람이 그르렁거리는 소리를 내는 순간 비명을 질렀다. 걸쭉하고 꽉 막힌 듯한 목소리였다. 마지막을 장식하는 불꽃이 크게 터지면서 그의 얼굴이 보였다. 양 볼은 움푹 들어가고 광대뼈가 도드라져 있었다. 얼굴색이 영 좋지 않았다. 그 사람을 물에서 좀 더 먼 곳으로 끌어당겼다. 어찌나 무겁던지. 한쪽에 바로 눕혀 놓고, 내가 입고 있던 얇은 윗옷을 벗어 그 사람 가슴에 덮어 두고 강둑으로, 불빛이 반짝이고 노래가 흘러나오는 곳으로 서둘러 달려갔다.

그 사람이 곧 죽을 것 같았다.

*

그렇게 한 사람의 목숨을 구하려고 했다. 어느 노인의 목숨을.

강둑에 이르자마자 구조대를 찾았다. 축제에 참여하지 않고 자리를 지키던 당직 구조 대원 서너 명이 대형 트럭에 당장 올라타더니 쓰러진 노인이 있는 위치를 알려 줄 나를 태우고 출발했다. 노인은 물론 꼼짝 않고 그대로 있었다. 그 사이 바닷물이 밀려와 노인 발밑까지 출렁였고 가끔 파도가 세게 치면 무릎까지도 덮쳤다.

구조 대원들은 차에서 얼른 내려 구조 장비를 꺼냈다. 끊어지려는 숨과 생명을 붙잡기 위한 장비. 그들은 차분하고 일사불란하게 움직였다. 2분도 채 안 되서, 노인의 옷을 모두 벗기고 응급 보온 담요로 몸을 감쌌다. 얼굴에 산소 호흡기를 갖다 대고, 새파랗다 못해 군데

군데 보랏빛이 감도는 살갗에 주삿바늘을 꽂았다. 구조 대원 한 명이 무전기로 수치를 잇달아 외쳤다. 모두 다급해 보였다. 곧 헬리콥터가 도착해 쓰러진 노인을 태워 병원까지 수송할 예정이었다. 심장 마사지까지 이어졌다. 어떻게든 심장을 다시 뛰게 하려고 애쓰는 모습이었다. 구조 대원들은 1초, 2초, 3초라도 노인의 목숨이 더 붙어 있도록 빌었다. **자, 자, 제발요, 눈 좀 떠 보세요, 정신 차려요, 이러다 축제를 놓치겠어요, 내일 날씨가 엄청 좋대요.** 그 사람이 정신을 붙들 수 있게 무슨 말이든 했다. 쓰러진 노인은 사람들이 외치는 주문에 그르렁거리는 소리로 간신히 답을 했다. 잠시 뒤, 멀리서 무시무시한 프로펠러 소리가 들려왔다. 빛줄기가 마치 칼날처럼 번뜩이며 탈영병을 찾듯 해변을 휘저었다. 우리는 필사적으로 팔을 흔들어 댔고, 헬기는 우리의 뺨과 팔을 마구 할퀴는 모래 장막을 일으키며 그 자리에 도착했다. 그러자 모든 일이 일사천리로 진행되었다. 동작을 딱딱 맞춘 발레리나들의 군무, 지옥에서 벌어지는 난리 법석, 세상의 작은 종말을 보는 듯했다. 잠시 뒤 헬리콥터는 빛의 속도로 다시 이륙해, 다 죽어 가는 사람과 구조 대원들의 희망, 춤추고 싶은 내 마음을 싣고 날아가 버렸다.

구조 대원들은 나를 다시 강둑으로 데려다주었다. 몇몇 사람들이 여전히 알코올과 절망에 뒤엉켜 비틀거리고 있던 곳으로. 술을 잔뜩 마신 사람들은 대부분 더러워진 몸에, 눈은 퉁퉁 붓고, 어깨를 짓누르는 외로움을 안고 숙소로 돌아갔다.

구조 대원 한 명이 내게 저체온증과 느린 맥박, 동상 얘기를 꺼냈다. 노인은 살아날 가능성이 매우 희박하고, 사실 이제는 일분일초가 아쉬운 상황이라고. 노인은 베르크에 있는 가장 가까운 병원으로 이송됐다. 이송될 당시 이미 위급 상황이었고, 서서히 체온을 끌어올리려고 애쓰며 반송장이나 다름없는 몸의 상태를 살필 것이라고 했다.

빨간색 대형 트럭은 멀어졌고, 나는 다시 아파트로 향했다.

어느 대형 주차장에서 차에 오르는 한 가족의 모습이 눈에 들어왔다. 여자아이가 집에 가고 싶지 않다고 떼를 쓰고 있었다. 창백해 보일 정도로 새하얀 피부색에 허약한 체구를 가진 아이 엄마가 '이제 그만해!'하고 고함을 지르자, 아직 열네 살도 안 돼 보이는 여자아이가 사랑에 상처받은 사람한테서나 나올 법한 경멸의 눈길로 엄마를 한 번 쳐다보고는 차에 떠밀려 들어갔다. 나도 모르게 웃음이 나왔다. 나의 어린 시절 모습과 어쩜 그리도 다른지. 미래와 가능성으로 가득 찼던 나의 첫사랑과 어쩜 저리도 다른지. 하지만 나 역시 실망에 휩싸여 그런 경멸의 눈길을 엄마한테 보낸 적이 있다는 사실이 문득 떠올랐다. 문제의 그날 저녁, 집으로 돌아와 내가 엄마한테 이렇게 애기했었다. **이제 다 끝났어요. 내일 떠난대요. 그 애를 다시는 못 만날 거예요. 죽을 것 같아요.** 그러자 엄마는 내게 나지막이 위로의 말을 건넸었다. 위로는 엄마들이 지닌 의무 같은 거니까. **얘야, 이 세상에 사랑 때문에 죽는 사람은 아무도 없단다, 아무도. 소설책에서나, 그게 아니면 모자란 사람한테나 일어나는 일이지.**

그 순간 내 마음 속에 쓸쓸함과 동시에 경멸감이 밀려왔었다.

마침내 아파트에 도착했고 엑토르는 잠들어 있었다. 하지만 엄마는 자지 않고 책을 읽고 계셨다. 누구도 사랑 때문에 죽지 않고 어떤 일이 닥쳐도 살아남으려 애쓰는 인물들이 등장하는 책. 엄마는 날 기다리고 계셨다.

잠시 뒤 나는 눅눅한 작은 방에 깔린 이불 밑에 들어가 내 몸을 어루만졌다. 그러다가 소리 내지 않으려고 입술을 깨물었다.

*

그다음 날 새벽, 나는 베르크로 향했다.

내가 해변에서 발견했던 사람이 어떻게 되었는지 알고 싶었다. 그 사람을 만나 밝은 데서 얼굴을 다시 보았으면 했다. 살갗에 모래가 덕지덕지 붙어 위압적인 그늘이 지고 불안한 이야기를 담고 있는 듯한 얼굴이 아닌 진짜 얼굴을 보고 싶었다. 궁금했다.

안내 데스크로 갔다. 간호사들은 상냥했다. 그 노인은 자고 있었다. 상태가 양호하다고 했다. 치명적인 증상은 나타나지 않았다고 했다. 나는 로비에 있는 시끄러운 자판기에 가서 커피를 한 잔 뽑아 들고, 사람들의 근심 걱정이 그대로 묻어나 있는 듯한 낡은 소파에 앉았다. 갑자기 애달픈 마음이 들더니 무언가 체념한 부모라도 된 듯 온몸에 힘이 죽 빠졌다. 사람들이 나를 흘깃거렸고 나도 다른 사람들을 쳐다보았다. 그들도 절망을 안은 채 간절히 기대하고 바라는 사람들이었다. 저마다 회의를 품고서, 상대방한테서 자신보다 좀 더 혹독한 고통의 징후와 자신의 슬픔을 참고 견딜 수 있게 해 주는 보다 큰 고통이 보이는지를 살폈다. 모두가 기대를 안고 있었고 그건 기도와도 같았다. 사람들은 이제부터 담배를 끊겠다든지 술을 끊겠다든지 거짓말을 하지 않겠다든지 하는 다짐을 했고, 일주일이나 이주일의 삶을 온전히 희생하고서라도, 환자에게서 일시적 차도가 나타나거나 기적이 일어나기를 바랐다.

'하루, 이틀/일주일/내게 남겨 주세요/조금만이라도/서로 사랑할 시간을/서로 얘기할 시간을/그 시간/서로 추억을 만들 시간을/제발, 오! 그래요/제발! 내게 남겨 주세요/조금이라도 내 삶을 채울 수 있게!' 에디트 피아프가 이렇게 노래를 불러 대도 소용없었다*. 가사가 우리한테 경고하고 있는데도 그 누구도 노래 가사를 귀담아 듣지 않으니까.

커피를 쭉 들이켜고 나서 손을 뻗어 컵을 내려놓으려는 순간, 내 심장이 멈추고 말았다.

---

* 미셸 보케르가 쓴 가사.(원주)

*

그해 여름, 우리가 열다섯 살이었던 그때, 마지막으로 만났던 그날 저녁 이후로 우리는 서로에게 편지 한 통 쓰지 않았다. 다시 연락을 해 보려고도 하지 않았다. 다시 만나려고도. 우리는 아무런 약속도, 눈물도, 고백도, 마지막 키스도 없이 헤어졌다. 그는 일어서서 양팔과 반바지에 묻어 있던 모래를 털어 내고는 뒤도 돌아보지 않고 시내를 향해 떠났다. ―남자들은 결코 뒤돌아보지 않는다. 되돌아가는 게 너무 두려워서. 나는 그런 그를 붙잡지 않았다― 여자들은 떠나는 남자 뒤를 쫓아가지 않는다. 그가 돌아오지 않을까 봐 너무 두려워서.

내가 집으로 돌아갔을 때, 엄마는 내게 세상에 사랑 때문에 죽는 사람은 없다고 말씀하셨지만 나는 그 말을 믿고 싶지 않았다.

말 그대로 심장이 멈춘 듯했다. 병원의 구식 형광등 조명에 사람이 추해 보일 정도로 얼굴이 움푹 들어가고, 잔인한 세월이 펑퍼짐한 실루엣을 만들고, 피곤에 절어 눈이 충혈된 데다, 생기라고는 찾아보기 힘든 안색에, 눈 밑에는 다크서클이 내려앉고, 터덜터덜 무거운 발걸음을 옮기고 있는 모습에도 불구하고, 바로 코앞에 녹색 가운을 입고 있는 사람이 바로 그라는 사실을 알아차렸다.

소리도 지르지 않고 가만히 있었다. 컵을 다시 내려놓지도 못했다. 그대로 몸이 굳어 버렸다. 정신이 멍했다. 그 예전 아빠의 눈빛이 간

절했다. 내가 어떻게 해야 할지 말해 주는 눈빛, 이런 순간에도 어떻게 자유로울 수 있는지, 어떻게 과거와 그리움, 침묵, 짓눌려 있던 모든 꿈들이 나를 사로잡지 못하게 할 수 있는지 말해 주는 눈빛 말이다. 어떻게 해야 나를 파괴하고 망가뜨리는 향수와 거리를 유지할 수 있는지도.

제롬은 돌아서더니 미소를 지으며 내가 있는 쪽으로 걸어왔다. 내 심장이 다시 뛰기 시작했다.

우리는 어찌 해야 할지 몰랐다. 그래서 서로 악수를 청하지도 포옹을 하지도 않았다. 그가 먼저 커피 한잔하겠냐고 했고, 그제야 터진 웃음과 함께 일회용 컵을 붙잡은 채 돌처럼 굳어 있던 손이 다시 움직이기 시작했다. 내가 일어서서 따라갈 준비를 하는 동안에도 그는 내게 아무것도 묻지 않았다. **피곤해 보여.** 나는 머리카락을 다시 묶었다. **간밤에 사람을 한 명 구했거든.** 그가 미소를 지었다. **나도.** 그가 먼저 발걸음을 옮겼고, 우리는 점점 다른 사람들과 흘겨보는 시선, 고통스러운 한숨 소리에서 멀어졌다. 좀 더 멀리, 어느 복도에 이르렀고, 나는 손을 들어 그의 팔뚝을 잡았다. 천천히, 아주 천천히, 힘을 주지 않고, 한마디도 하지 않고, 그저 정말 그 사람이 맞는지 확인하고 싶은 마음에. 어릴 때, 어떤 일이 꿈인지 생시인지 알고 싶을 때, 볼을 꼬집어 보듯.

우리는 병원 카페테리아로 내려갔다. 그 시간엔 사람이 별로 없었다. 여종업원 혼자 접시 더미와 식기, 플라스틱 쟁반을 놓으며 손님

맞을 준비를 하고 있었다. 그리고 저 멀리 바다 쪽으로 난 큰 유리창 들 근처에, 나이 든 멋쟁이 여인이 안절부절 못하며 머들러를 만지작거리는 모습이 보였다. 꼭 묵주를 만지작거리는 것 같았다. 그녀의 입술은 파르르 떨렸고 눈가가 촉촉했다.

제롬이 물병을 집어 들었지만 정작 우리는 목이 마르지 않았다.

얼굴에 세월의 흔적이 묻어나긴 해도 예전에 내가 좋아했던 제롬의 모습이 보였다. 내 기억 속 모습보다 인상이 좀 더 둥글고 부드러워진 느낌이었다. 우리 둘 중 한 사람이라도 용기 내 어린 티를 잘라내고, 어른 인생의 깊숙한 곳까지 달려가는 행동을 했더라면 그를 위해 죽을 수도, 모든 걸 버릴 수도, 모든 걸 다 줄 수도 있었던 그때의 모습보다…….

우리는 서로를 오랫동안 바라보았다. 서로를 열렬히 사랑했던 오래된 연인이라기보다는 다정했던 기억에 오래도록 보고 싶었던 예전 동창 같은 느낌으로. 서로를 바라보는 이 눈빛이 우리 사이의 걸림돌이자 불안이자 실패이자 배신이었다. 그가 불쑥 운을 뗐다. **너.** 하지만 말을 잇지 못했다. 그래서 나는 우리 사이에 놓인 테이블 위로 조심스레 손을 내밀었다. 내 손가락이 그의 손가락에 가서 닿았고 서로 엉킨 채 그의 손바닥 안에서 오래 머물렀다. 우리는 그렇게 한참 동안 아무 말도 하지 않았다.

그러다가 어느 순간, 뒤엉킨 손가락들이 우리의 살갗에 글씨를 쓰기 시작했다. 우리의 지나간 추억과 두려움을 다시 끄집어냈다. 우리 두 사람의 놀라운 재회를 써 내려갔다.

잠시 뒤 제롬이 내가 구한 남자가 누워 있는 병실로 나를 데려갔다. 야윈 몸이 꼭 거미 같았다. 여기저기 꽂혀 있는 주삿바늘은 징그러운 거미 다리 같았다.

방금 잠깐 깨어났었어요. 간호사가 말했다. **딱 한마디 말만 하더라고요. '로즈'.**

그러다가 그 남자 고개가 옆으로 미끄러지듯 떨어졌다고 했다. 꼭 눈물처럼.

*

오후에 우리는 병원 앞에서 다시 만났다. 제롬은 반바지에 반팔 셔츠를 입은 채 구릿빛 피부를 드러낸 모습이었다. 쓰러져 실려 온 그 노인을 밤새 살려 내고, 만취한 상태로 칼을 두 군데 맞은 사람과 스쿠터에서 떨어져 다리 세 군데 골절상을 입은 사람을 치료하느라 녹초가 되어 있던 모습도 샤워로 말끔히 지운 상태였다.

우리는 해안을 따라 3킬로미터 정도 나 있는 산책로를 걸었다. 날씨가 엄청 좋았다. 해변에서는 엄마들이 아이들의 새하얀 피부에 선크림을 발라 준 뒤, 보는 사람이 있는지 없는지를 살피며 자기들 몸에도 바르고 있었다. 그 모습을 보며, 이제는 햇빛에 노출시키려 하지 않고, 어두운 호텔 방의 은은한 조명조차도 피하려는 나를 떠올렸다. 남편이 홀연히 떠나고, 나는 비극으로 점철된 숱한 낮과 밤의 이야기를 내 몸에 새겨 넣기 시작했다. 칼끝으로 새기는 듯한 고통스러움 뒤로 꽁꽁 가리고 있던 내 몸을 떠올렸다.

제롬은 자기 이야기를 들려주었다. 자기가 살아온 이야기를. 이야기를 마구 쏟아 냈다. 산책로에서 전속력으로 자전거를 달리는 꼬마들을 피하며 한 번씩 웃기도 했다. 그는 우리가 함께했던 여름이 지나고 그다음 해에 이사를 했다고 했다. 아버지가 엔지니어 일자리를 구한 소피아 앙티폴리스 근처로 갔었다고. **그게 뭐하는 일이냐고 묻지는 마.** 제롬이 놀리는 듯한 말투로 말했다. 내가 웃었다. 제롬이 말하는 엔지니어는 폭탄 제조자를 뜻하는 말이었다. 우리는 서로를 힐끔 쳐다보았다. 그 순간 말없이 서로의 마음을 확인했다. 그 뒤로도 그가 살아온 이야기가 이어졌다. 아버지가 보너스라도 받아 오면 니스 조약돌 해변에서 여름을 보냈다던가, 라 갸르드 프레네까지 산책하고 세네키에 레스토랑 테라스에 앉아 점심을 먹었던 이야기. 지중해 해안에 밀려온 해파리 떼 -보름달물해파리, 야광원양해파리 등 독해파리 이름이 꽃 이름처럼 예쁘다는 게 웃기지 않은가?- 때문에 괴성을 질렀던 이야기. 즐거웠던 사춘기가 끝났던 이야기. 포근한 살갗에, 꾀꼬리 같은 목소리에, 환한 웃음을 지닌 다정했던 애인들 이야기.

그런 뒤에 그는 9년 간 의대 공부를 하러 툴루즈로 떠났다고 했다.

그곳에서 있었던 신입생 환영식 이야기부터 초반에 저지른 실수담, 숱하게 든 회의감, 미국 드라마 〈ER〉에 등장할 법한 대학 병원 현장 실습 때 있었던 에피소드까지. 그러더니 결국 러브스토리까지 이어졌다. **콩스탕스.** 그는 내 이름의 음절 하나하나를 달콤한 사탕 음미하듯 속삭였다. 콩-스-탕-스. **아이는?** 내가 물었다. **마티외랑 조. 여덟 살이랑 다섯 살. 여기까지.** 그렇게 그는 스물 남짓 되는 문장 안에 일생을 담아 풀어냈다. 소소하지만 완벽하고도 모범적인 행복을 이야기했다.

"너는?"

내 심장이 부풀어 올랐다.

나? 나는 열렬한 사랑과 배신, 거친 남자들을 경험했지. 좋다고 말하는 순간 식어 버리고 마는 보잘 것 없는 사랑이 지닌 폭력, 순식간에 파고들어 날카로운 칼날로 깊이 베어 버리는 무서운 폭력. 열다섯 살에는 너 때문에 사랑하다 죽고 싶었지. 그 뒤로도 상처 난 마음을 회복하지 못했고 이리저리 방황했지. 나중에 고등학생이 되고 처음으로 우연히 만난 제롬이라는 남자에게 내 몸을 주었어. 피를 흘리고 난생 처음 여자로서 두려움을 느끼는 순간 네 이름만이라도 불러보고 싶어서. 제롬, 제롬, 네 이름을 불렀어. 그랬지, 네 이름을 불렀지. 제롬이라는 남자가 나를 아프게 하는 동안 내내 네 이름을 길게 외쳤어. 그랬더니 더 이상 두렵지도, 춥지도 않았지. 그러다가 그 남자가 삽입 행위를 멈추고 물러나는 순간, 나는 내 인생 최고의 사랑인 너를 떠나보냈어. 물이 흐르듯 아주 천천히 떠나보냈어. 네 이름은 저 멀리 날아가 문 아래로 사라졌고 그렇게 끝이 났지. 나는 울고 또 울었어. 인생에서 슬픔이 만들어 내는 눈물의 양이 100리터라고 누군가 말했었나. 나는 그날 오후 그 눈물을 한꺼번에 다 쏟아 냈어.

하지만 나는 도무지 내 이야기를 꺼낼 용기가 나지 않았고 결국 그저 이렇게 대답했다.

"나?"

사랑스러운 아홉 살짜리 아들이 있다고. 아이 아빠가 몇 년 전에 떠났다고.

그런데 그때 갑자기 제롬의 호출기가 울렸다. 그 노인이 깨어났고 오직 한마디 말만 했다고. '로즈'.

*

나는 투케로 다시 돌아왔다.

제롬을, 응급 상황과 울려 대는 호출기와 그가 아주 달콤하게 속삭였던 콩-스-탕-스 곁에 남겨 둔 채. 그의 아름다운 미소와 멋진 두 아이 곁에 남겨 둔 채. 제롬이 자기가 어떤 차를 타는지 얘기해 주지 않았지만, 왠지 제롬은 아우디 대형 SUV를 타고, 아내는 피아트 소형 빈티지 차를 타고 다니는 그림이 그려졌다. 그리고 두 아이한테는 사랑스러운 영국인 베이비시터-얼굴이 하얗고 빨강 머리에 제롬의 매력에 살짝 빠진 여자-를 두고 있을 거라는 생각이 들었다. 영국 브라이튼까지 직선거리로 70킬로미터도 채 안 되는 곳이니까. 제롬은 나한테 내가 하나도 변하지 않고 그대로라고, 여전히 예쁘다는 말도 하지 않았다. 우리가 첫 키스를 나눈 뒤로 21년째, 가끔씩, 종종, 특히 매년 여름마다, 매년 7월 14일마다 내 생각을 했다는 말도 하지 않았다. 제롬은 호출기를 확인하더니 '호출이네'라고 말하고는 떠났다.

*

나는 투케로 다시 돌아왔다.

엄마가 나를 애타게 기다리고 계셨고 아들은 나를 보고 아주 반가워했다. 해변에 우리가 늘 자리를 잡던, 루이종 보베 거리와 이어지는 지점 즈음에 아들이 성을 쌓아 놓았다. 성 주변으로 미로처럼 도랑을 파 놓고, 붓는 족족 모래가 잉크를 흡수하는 압지처럼 순식간에 물을 빨아들이는데도 열 번이고, 스무 번이고, 백 번이고 계속해서 바닷물을 퍼 날랐다. 조개껍데기를 모아 -대형 식용 조개와 대합, 백합, 꼬막, 국자가리비- 큰 탑도 옆에 세웠다. 내가 아들 옆에 가서 앉자 아들이 내게 말했다. **엄마, 보세요. 여기가 엄마가 사는 곳이에요. 큰 탑 안이요. 왕자님이 공주님을 구하러 오는 곳 말이에요. 엄마는 공주님이잖아요. 음, 할머니, 우리 엄마 공주님 맞지요?**

그러자 엄마는 가만히 미소를 지어 보이셨다. 우리 집안 여자들과는 어울리지 않는 듯한 이런 황홀한 순간에 왠지 모를 아픔이 느껴지는 미소였다. 바닷물이 괜히 고고한 척하며 자기를 찾아온 손님들을 쫓아버리듯 빠져나가는 모습을 보고, 우리는 바람막이 천을 접고서 가져온 물건들을 챙겨 강둑으로 다시 올라갔다.

이번에도 우리의 파티는 지극히 평범하고 뻔했다. 모노폴리 게임을 한 판 하고, 코코아 한 잔 마시고, 이야기 나누고, 포옹하고. 그러다가 엑토르가 잠자리에 들고 나니 엄마랑 나만 쓸쓸히 남았다. 엄마와 나는 둘이었지만 외로웠다. 엄마의 외로움과 나의 외로움이 만나 거대한 외로움을 만들어 냈다. 그날 제롬을 다시 만나고, 그의 팔뚝에 가만히 손을 갖다 대어 보고, 그날 오후 그의 곁에서 나란히 걷고 난 뒤, 다시 그가 없는 곳으로 돌아오고 나니 어마어마한 외로움과 공허함이 느껴졌다.

내가 와인 한 병을 땄다. 엄마의 반응은 평소와 같았다. **너 정신 나갔구나.** 나는 첫 잔을 물마시듯 꿀꺽꿀꺽 들이켰다. 그와 함께 마시고 술에 취해 쓰러져 그의 품에 안기고 싶었다. 제롬이 산책로에서 자기 이야기를 그만 멈추고 날 바라봐 주길 원했다. 날 알아봐 주기를. 내가 그에게서 첫 키스를 빼앗겼을 때 내 입술이 파래져 바르르 떨렸던 모습을 떠올려 주기를. 내가 입은 수영복 색상을 기억해 주기를 —제롬을 위해 릴 에스케르무아즈 거리에 있는 '모드 드 파리'에서 고른 수영복, 그중에서도 그의 눈동자 색과 딱 맞으면서도 내 배에 나 있는 보기 싫은 맹장염 수술 자국을 가리는 수영복— 그리고 난생처음 그를 생각하며 손톱에 칠한 매니큐어를 기억해 주기를. '분홍빛 사탕처럼' 기억할까? **이제 그만 마셔.** 내가 와인 잔에 술을 다시 따르려는데 엄마가 말씀하셨다, **이제 그만해.** 그 말에 나는 술병을 낮은 탁자에 내려놓았다. 제롬을 위해 그렇게 했다. 병원 대기실에서 사람들이 하는 약속처럼. 내가 담배를 끊으면 그 사람이 3개월 더 살 거야. 내가 더 이상 거짓말하지 않으면 그 사람이 깨어날 거야. 내가 이 술병을 내려놓으면 그 사람이 내 마음을 붙잡을 거야. 제롬, 붙잡아. 내가 20년 전에 네게 주었던 걸 잡으라고. 잘 봐. 나 추워. **참 보기 안쓰럽구나.** 엄마가 말씀하셨다. **가서 눈 좀 붙여.**

*

남편이 홀연히 사라진 뒤 비가 내리기 시작했다. 비까지 한몫 거들어 남편의 마지막 발자국까지 지워 버린다고 생각했다. 내게서 남편을 도려낸 자국까지 지워 버릴까 두려웠다.

그때 나는 어두운 그림자에서 벗어나지 못했고, 고기의 살을 써는 칼날의 느낌을 경험했다. 이미 얘기했던 것처럼.

그 뒤로 남편을 한 번도 다시 만난 적이 없다. 아무런 소식도 듣지 못하다가 거의 2년이 지난 뒤에 달랑 편지 한 통을 받았다. 변호사 사인이 들어가 있는 편지였다. 남편은 우리와 살면서 진절머리 났던 모든 것들을 우리 앞으로 남겼다. 앙스탱에 새로 얻은 집부터 집 안에 있는 모든 물건들과 모든 추억까지. 나는 서류상 서명이 필요한 곳에 약식으로 서명하고, 이혼을 합의하고, 실패로 끝난 결혼 생활과 수치심을 떠올리며 씁쓸한 미소를 지었다.

엑토르가 다시 돌아와 나와 함께 살게 되자, 엄마는 우리 집에서 더 많은 시간을 함께 보내셨다. 엄마는 늘 걱정을 놓지 못하셨다. **엄마 제발, 손자 걱정하듯 내 걱정은 하지 말아요.** 엄마는 엑토르가 건실하고 발랄한 아이로 크기를 바라셨다. 엄마는 엑토르에게 사람은 사랑 때문에 죽는 법이 없다는 것만 가르쳐 주셨다. 그리고 꽃말도 몇 가지 알려 주셨다. 꽃말을 알고 있다는 사실만으로도 그 남자를 흔히 볼 수 없는 신사로 만들어 준다고 주장하셨다. 그래서 나는 어버이날이면 '당신은 빼어난 미모를 지녔어요'라는 꽃말의 알리숨 한 다발을 받는가 하면, 생일에는 '당신의 상냥함에 푹 빠졌어요'라는 꽃말의 아마꽃 한 다발을, 성모 승천일에는 '내가 지켜 줄게요'라는 꽃말의 위성류 가지를 받았다. 엑토르는 내게 모래성도 지어 주고, 기사 그림도 그려 주고, 운율을 특이하게 맞춘 시도 써 주었다. 그렇게 나는 아들의 마지막 유년 시절을 만끽했다. 언제나 엄마를 위해 그 자리에 있고, 엄마를 지켜 주고, 영원히 사랑할 거라고 생각하는 시절. 하지만 금세 두려움으로 가득 찬 사춘기가 찾아오겠지. 가지를 쳐내고, 처음으로 비상하고, 처음으로 한없이 추락하는 그 시절.

엑토르가 잠든 모습을 바라본다.

아들은 〈천공의 성 라퓨타〉를 100번쯤 보다가 조금 전 TV 앞에서 잠이 들고 말았다. 살갗이 따뜻하고 구릿빛으로 빛난다. 천천히 숨을 쉰다. 가끔 소스라치기도 하고 미소를 짓기도 한다. 우리는 서로 아이 아버지 얘기를 꺼내지 않는다. 아들은 아버지를 별똥별로 만들어 버렸다. 우리가 없는 세상 어딘가에 존재하는 별.

*

엑토르와 엄마를 워터파크에 내려놓고 —엑토르는 29도의 온수풀과 급경사 물 미끄럼틀을 매우 좋아하고, 스릴을 느끼며 고함지르는 것도 매우 좋아한다— 베르크에 있는 병원을 다시 찾았다.

노인은 여러 가지 수치들이 많이 안정된 상태였다.

여전히 '로즈'라는 말만 했다.

1916년부터 1940년 사이에 파 드 칼레 지역에서 호적상 등록된

12,852개의 성 중에 루즈가 135명, 로지안은 28명이 있어도, 로즈는 한 명도 없었다.

경찰들이 정신과 의사부터 혹시나 하고 영어 통역사까지 대동하고 찾아와 노인에게 질문을 했지만 헛수고였다. 그래서 경찰들은 노인의 사진–영정 사진 같은 것–을 들고 나가 해변과 길거리, 건물 로비, '사 브뢰', 성 요한 거리에 있는 크레페 가게, 비행장, 호텔 바를 돌아다니며 사람들에게 보여 주었지만, 돌아오는 것은 '아뇨, 모르는 사람인데요. 이 시즌에 이곳을 지나는 사람들이 얼마나 많은데요. 그 사람이 그 사람 같은 걸요'라는 대답뿐이었다. DNA 검사 결과 역시 아무것도 밝혀내지 못했다. 영국, 프랑스 간 페리를 탔던 사람들 중에도 노인을 알아보는 사람은 한 명도 없었다. 아무도 그를 보지 못했고, 아무도 그가 누구인지 알지 못했고, 그가 세기 마지막 혁명 기념일 밤, 차가운 바닷가에서 무엇을 하고 있었는지 아무도 알지 못했다.

나는 신경 써서 가시를 제거한 장미꽃 한 송이를 가져갔다. 장미꽃을 든 내 모습을 보고 젊은 꽃가게 아가씨가 약간 빈정거리는 시선을 보내왔다. **사랑의 상처를 다시 꿰매려고요?** 그녀가 내게 물었다. 나는 빙긋이 웃어 보였다. **재밌는 질문이네요. 그래요. 맞아요. 꿰매려고요.**

조명을 낮춘 어두운 병실에서, 노인은 수많은 탯줄처럼 여기저기 주삿바늘을 꽂아 목숨을 붙든 채로 잠들어 있었다. 나는 가져간 꽃을 그의 가슴에 내려놓고 병상 옆에 앉았다. 전날 밤 아들이 자는 모습을 바라보았던 것처럼 잠시 노인을 바라보았다. 노인도 똑같이 가끔 소스라치기도 하고, 미소를 짓기도 했다. 고개를 돌려 창밖을 보니 드넓은 해변과 회색빛 모래가 보였고, 그 위에 장애로 팔다리가 없는 자식들과 함께 있는 부모의 모습이 눈에 들어왔다. 그중에는 더 이상 자라지 않는 아이들도 있고, 걷는 법과 서 있는 법을 다시 배우려는 아이들도 있겠지 하는 생각을 했다. 그들은 고통을 알지 못하는 아이들처럼 똑같이 즐거워하며 손을 모래에 깊숙이 집어넣고 장난을 쳤다. 아마도 같은 꿈을 꾸고 있겠지. 그 순간 드골 장군이 딸의 송장을 앞에 두고 했던 말이 떠올랐다. '이제 이 녀석도 다른 이들과 같구나'. 그리고 때때로 자식들이 자기도 모르게 저지르는 죄가 떠올랐다.

여름은 늘 해변 위에 즐거운 인생을 그려 낸다. 그런데 집으로 되돌아가야 하는 순간 일이 엉키고 만다. 다시 오겠다고, 다시 만나자고 서로 약속하는 순간. 서로를 절대 잊지 말자고 약속하는 그 순간.

새파란 하늘에 연들이 오색빛깔 별처럼 높이 떠다녔다. 한쪽 편에는 말을 탄 사람들이 애롱 노트르담과 메를리몽 해변 쪽으로 올라오고 있었고, 저 멀리 바다에는 잔뜩 부푼 돛을 단 배가 떠다녔다. 이쪽에서는 여자들이 옹기종기 모여 초콜릿 간식들을 꺼내어 놓는가 하면, 저쪽에서는 여자들한테 작업 중인 남자들도 있었다. 마치 유쾌한 느낌의 귀스타브 카유보트의 작품이나 여름날 풍경을 그린 드가의 회화를 감상하는 듯했다.

그때 갑자기 노인이 눈을 뜨더니 꽃을 발견하고는 이내 미소를 지어 보였다. 그런데 왠지 모르게 그의 미소를 보는 순간 코끝이 찡했다. 그는 해맑은 눈빛으로 이리저리 시선을 옮기다가 나를 발견했다. 그는 뼈만 남은 앙상한 손가락으로 장미꽃을 잡으려 애썼다. 내가 도와주었다. 그가 꽃을 얼굴까지 가져가서 향기를 맡았다.

또 다시 환하고도 슬픈 미소를 지어 보였다.

마침내 그의 입에서 새어 나온 목소리는 이미 해질 대로 해져 곧 끊어질 것 같은 레이스 실만큼이나 얇았다.

"아, 로사 첸티폴리아군요. 고대 장미이지요."

그는 목이 메여 목소리가 거의 나오지 않았다. 내가 베개를 고개 뒤쪽으로 받쳐 주었다.

"다홍빛 꽃잎이 너무 예쁘죠. 고마워요, 아가씨. 고마워요."

노인은 눈을 감았다. 그는 다시 눈을 뜰 생각이 없어 보였다. 창백한 잿빛 눈꺼풀 너머에 천 개의 이미지가 죽 펼쳐지고 있는 것 같았다. 그는 꽃 대신 몇 가지 말들을 내게 건넸다. 그 말들이 모여 진기한 꽃다발을 만들어 냈다. 폭탄. 만남. 영원한 사랑. 샤를 트르네. 코라 보케르. 휴전. 로즈.

온화한 미소가 그의 야윈 얼굴 위로 번졌다. 그 미소를 보고 뒤돌아서 병실을 나서려는데 내게 마지막으로 남아 있던 눈물들이 모조리 쏟아져 나왔다.

나는 살면서 남자 운이 좋았던 적이 없었다.

*

나는 늘 자기가 사랑하는 남자들을 결국 잃고 마는 여자들과 같은 부류에 속한다. 그런데 병원에서는 아무도 그런 내 모습을 알아채지 못했다.

병원 로비에 있는 시끄러운 자판기 앞에서 음료수가 나오기를 기다리고 있는데 누가 내 어깨 위에 손을 얹었다.

제롬.

"같이 가. 내 방에 가면 맛있는 커피 있어."

제롬의 방에 들어서자마자 내 눈에서 차가운 눈물이 끝없이 흘러내렸다. 열다섯 살에 내가 미친 듯이 사랑했던 사람은 어쩔 줄 몰라 하며 내 앞에 우두커니 서 있었다. 그래서 내가 그의 손을 잡아 손수건처럼 내 뺨에 올려놓았다. 손가락 끝의 연한 살이 따뜻하고 부드러웠다. 손이 여자 손처럼 고왔다. 나는 그의 손을 잡은 채 내 각진 얼굴선을 따라갔다. **제롬, 기억하니. 너의 애잔한 어루만짐과 나의 살결, 살갗에서 풍겼던 향, 나의 가슴을 스칠 때 축축해졌던 너의 손, 내 입술이 네 귀에 닿았을 때 가빠지던 너의 숨소리를 말야. 너의 남자다운 손길이 내는 소리를 들어 봐.** 그의 손을 내 입술 위로 가져가자, 장미꽃을 매만지던 노인의 미소가 떠올라 눈물이 더 많이 흘러내렸다. 명백하게 사랑에 빠진 사람의 미소. 이제는 그 사람이 마음의 평화를 찾고 불멸할 거라는 명백한 믿음. 수많은 약속과 헤어짐, 야성을 띤 어둡고 거친 만남만 경험했던 내게는 그렇게 보였다. 제롬, 네 손을 내 목덜미로 가져가도 넌 가만히 있네. 이번엔 가슴. 가슴을 세게 눌러. 날 아프게 해 봐. 이제 나에게는 아무런 감각도 없어. 나는 이제 어떤 고통도 느끼지 못해. 마침내 네 손가락들이 말을 들어 나를 손아귀로 주무르고 짓이기는 순간, 내 입에서 터져 나온 비명이 너를 감싸고 있던 고치를 찢어 버렸나 봐. 정중함과 비겁함을 뒤섞어 짜 놓은 고치. 너는 더 이상 내가 끌고 가는 대로 움직이지 않아. 네 손이 스스로 자리를 찾고 마구 움직이기 시작해. 외설적이고 저속한 손가락이 나를 파고들며 너는 짐승이 되고, 그토록 널 사랑했던 내게 아주 낯선 사람이 되고 말았어. 갑자기 다른 누구의 말도 듣지 않고, 네 마음속 얘기만 듣고, 목마른 야수가 물을 만난 듯 즐기고 있어. 네가 이렇게 굶주린 모습을 보면 너의 그 콩-스-탕-스가 분명 서글퍼할 텐데 어쩌나. 결국 너는 나를 책상 위에 넘어뜨리고, 종이들은 구겨지고, 볼펜들은 굴러가고, 스탠드는 바닥에 떨어져 깨지고 말았네. 이제 아무도 널 멈추지 못해. 너의 몸을 가득 채운 쾌락만이 널 조종하지. 넌 날 쳐다보지 않아. 내 눈을 바라보지 않아. 더 이상 날 어루만져 주지 않아. 예전에 우리가 함께했던 여름날, 해변의 알록달록한 탈의실 뒤편에서 떨리는 손길로 어루만져 줬던 것처럼. 오늘 너의 팔뚝은 사슴 다리처럼 내 양다리를 벌려 놓고, 거친 숨소리를 내며, 내 안으로 불쑥 들어와. 내 허벅지에 난 칼자국은 보지도 않고, 내가 살아온 이야기를 읽지도 않고, 나의 슬픔을 알아주지도 않고, 그저 하고 또 하다가 급히 절정을 느끼고는 곧바로 멈춰 팬티와 바지를 올려 입더니, 네 안에서 불쑥 튀어 나온 낯선 이의 모습에 부끄러워해. 너 스스로를 지극히 일상적이고 평범한 짐승으로 만들어 버렸지. 다 끝난 뒤에 넌 아무 말도 하지 않아. 이건 사랑이 아니라 그저 엄청난 슬픔일 뿐이니까. 넌 여전히 나와 눈을 마주치지 않고 갑자기 얼빠진 사람처럼 가만히 있어. 휴지 한 장 달라는 내 목소리에 넌 소스라치게 놀라고는, 휴지가 보이지 않는다며 떨리는 손으로 내게 거즈를 내밀어. 내가 내 몸을 타고 흘러내리는 너를 닦아 내는 모습에 넌 황급히 고개를 숙여. 나는 다시 일어나 내 허벅지에 새겨져 있는 고통스러운 인생 흔적을 모두 덮어 버리고 눈물을 그쳤어.

눈물을 그쳤어.

*

그렇게 침묵이 흘렀다.

그는 바닥에 깨져 있던 조각을 쓸어 담다가 커피를 쏟았다. 그는 여전히 나와 눈을 마주치지 않았다.

우리의 어릴 적 사랑이 다시 되살아나게 해서는 안 된다는 듯, 원래 있던 그 자리에 그대로 둬야 한다는 듯. 어렴풋한 추억 속에 준비된 약속과 어루만짐, 살결과 향기에 대한 그리움이 있는 곳, 마음속에 묻어 둔 꿈이 부풀어 올라 가장 아름다운 이야기를 써 내려가는 그곳에.

전혀 위험할 게 없고 결코 벌어지지 않은 이야기라는 듯.

겁쟁이들 옆에는 늘 신이 보살피고 있는 건지, 마침 제롬의 호출기가 울렸다. 노인이 숨을 거두었다고 했다.

*

제롬은 곧장 달려갔고 나는 노인의 병실 앞 복도에서 기다렸다. 병실에서 다시 나오는 제롬의 얼굴이 창백했다. 충격을 받은 모습이었다. 어떻게 된 거냐고 물었다. **잘 모르겠어.** 그가 대답했다. **감염도 없었고 모두 다 정상이었는데, 점점 안정을 되찾고 있었는데, 알 수 없는 일이네. 내 생각엔 아무래도 그냥 죽어 간 것 같아.**

사랑해서.

가만히 듣고 있던 나는 내 앞에 선 커다란 덩치의 남자를 품에 감싸 꼭 껴안아 주었다. 내가 할 수 있는 만큼 세게. 그리고 그 순간, 둘 다 우리가 아예 잃어버렸던 것이 무엇인지를 깨달았다.

*

나는 그 뒤로 제롬을 다시 만나지 않았다.

7월 마지막 보름은 투케 해변에서 엑토르와 놀고, 책 읽고, 우리 세 식구만의 시간을 즐기며 보냈다. 저녁마다 크레페 가게와 영화관에 갔다. 셋이서 깔깔거리며 〈아스테릭스〉를 보기도 하고, 나 혼자 〈걸 온 더 브릿지〉를 보기도 했다. 바네사 파라디가 참 예뻐 보였다. 엑토르는 모래 조각 대회에 참가하기로 했고, 나를 모델로 공주를 만들겠다고 했다. 단, '누운 채'. **엄마, 그렇게 하지 않으면 너무 어려워요.** 나는 자세를 잡고 가만히 있어야만 했다. 경련이 일어나도 아들이 날 선택해 주었다는 사실에 마음이 흐뭇했다. 결국 입상은 못 했다. 하지만 모든 대회 참가자들한테 티셔츠와 캡 모자, 공기 주입식 매트리스를 선물로 주었다. 엑토르는 꼭 바닐라 초코칩 아이스크림 광고 모델 같은 모습을 하고서 행복해했다. 엄마와 나는 더 이상 파코 라반이 했던 예언에 대해, 정확히 159일 뒤에 찾아올 세상의 종말에 대해 이야기를 꺼내지 않았다. 우리는 매 순간 다른 가족 사이에서 우리도 한 가족을 이루고 있다는 기쁨을 마음껏 누렸다. 마지막 날, 외침과 놀이, 깨진 꿈, 미소 속에서.

7월 말, 우리는 파리 거리에 있는 아파트 문을 걸어 잠그고, 앙스탱에 있는 집으로 돌아왔다. 아들이 '엄마, 떠나는 건 아주 좋은 일인 것 같아요. 다시 돌아오는 기쁨을 누릴 수 있잖아요'라고 얘기하는 걸 듣고, 새삼 많이 컸다는 것을 느꼈다.

8월은 개학 준비를 하며 보냈다. 전등이 다 잘 들어오는지 테스트하고, 소화기가 제대로 작동되는지 점검했다. 변기 물이 잘 내려가는지 확인하고, 청소용품이 잘 갖춰져 있는지 검사하고, 난방기구가 잘 되는지도 확인했다. 또 다시 성가신 일을 하며 우중충한 나날을 보낼 준비를 했다. 엑토르는 막바지 여름의 오후를 집에서 5킬로미터 떨어진 멜랑투아에 있는 친구네에서 보냈다.

어느 날 저녁 엑토르가 창백한 얼굴로 이마에 식은땀을 흘리며 집으로 돌아왔다. 자기 아버지와 꼭 같은 우울한 눈빛을 하고 있었고, 그때 나는 이 녀석의 유년 시절이 완전히 끝났음을 깨달았다. 아들에게 무슨 일이냐고, 친구랑 싸운 건지, 친구 누나랑 말다툼이라도 한 건지 물었다. 엄마는 네가 멋진 영웅이 아닌 날에도 늘 그 자리에 있는 사람이라고 얘기했다.

엑토르가 숨을 깊이 들이쉬며 강한 모습을 보이려 애썼다. 한참을 아무 말도 하지 않고 가만히 있었다. 그 모습을 보고 나는 알아챘다.

엄마들은 늘 느낌이 오니까. 정작 자기 자신 일은 빼고.

엑토르는 어른스럽게 말하려 애썼지만 쉽게 말을 내뱉지 못했다. 엑토르의 말은 약한 혈기와 함께 난생 처음 느낀 상처에서 나온 말이겠지. 슬픔은 유전되지 않지만 되풀이된다.

순간 나는 어린 아들 앞에서 아들이 처음으로 느낀 커다란 실망감과 마주하며, 과연 내가 이 모든 아픔을 바라볼 자격이 있는 사람인지 의문이 들었다. 사랑의 탄생이 늘 그렇게 애절하다는 것을 두 눈으로 바라보는 게 덜컥 겁이 났다. 늘 그렇게 잔인하다는 것을.

*

세상의 종말은 오지 않았다. 컴퓨터는 버그에 걸리지 않았고, 날아가는 비행기나 인공위성, 혹은 별을 추락시키지도 않았다. 우리 마음속에 그리움으로 간직했던, -보통- 하늘나라에 있는 죽은 이들의 수만큼 떠 있는 별들도 말이다.

여름의 마지막 날, 나는 아들에게 사랑의 슬픔 또한 사랑이 가진 모습 중 하나라고 얘기해 주었다. 애잔한 추억 속에도 행복이 숨어 있다고. 실패한 사랑은 결코 그저 실패로만 끝나지 않는다고. 자기 자신과 상대방에게 새로운 길을 열어 주는 거라고. 왜냐하면 만남이란 두 운명이 서로 닿아 감전이 일어나는 거니까. 엑토르는 자기한테 선의의 거짓말을 해 줘서 고맙다고 했다. 사실 자기는 아주 오래 전부터 나 혼자 겪어 낸 슬픔과 내 앞을 가로막은 무수한 난관을 짐작하고 있었다고 했다. 내가 무슨 말을 하는 거냐고 했더니, 아들은 어깨를 한 번 으쓱하고 풀 죽은 목소리로 '엄마' 하고 나지막이 속삭였다. 그 순간 나는 눈물이 핑 돌았다.

그다음 해 여름, 우리는 투케를 다시 찾았다. 엑토르는 그곳에서 보내는 시간을 슬슬 지루해하기 시작했고, 친구들과 더 많은 시간을 보내고 싶어 했다. 점점 멀어지기 시작했다. 우리 둘이 스킨십을 나누는 일도 뜸해졌고, 이제 왕자님이 날 구하러 오는 큰 탑이 서 있는 성도 지어 주지 않았다. 나는 이제 아들의 모델이 되지 못했다. 어느덧 엑토르는 동화 속 이야기도, 구세주 엄마도 믿지 않을 만큼 훌쩍 커 있었다.

*

해변에서 날 보고 미소를 지어 보이는 남자가 몇몇 있어도, 나는 차분한 미소로 그들과 일정한 거리를 유지했다.

시간이 흐르면서 나는 마음의 안정을 되찾았다. 남자에 대한 탐욕과 조급함을 버리고 고통이 내 삶을 써 내려가게 놔두지 않았다. 가요의 노랫말이 마음에 와 닿았다. '우리가 원하는 것을 가지면 지루할 틈이 없지[*]'. 마침내 나는 기대를 안고 일상을 기다릴 준비를 마쳤

---

* 〈몽 앙팡스 마펠르(Mon enfance m'appelle)〉, 세르주 라마 노래, 이브 질베르 작곡.(원주)

다. 매일매일 새롭게 생길 이야기를 맞이할 준비가 된 것이다. 죽을 만큼 열렬한 사랑을 꿈꾸는 일을 접었다 -결국 내 일상을 사랑하고, 언젠가 한 남자와 함께 사는 모습을 약속해 줄 수 있는 인생을 즐기기 시작했다-. 어쨌든 고독은 분명 아름다움의 산물은 아니니까.

그리고 신세기 첫 여름날, 나는 매일 오후, 손에 로사 첸티폴리아 한 송이를 들고 캉슈 대로에 있는 무명인을 위한 공동묘지를 찾아 가서는, 시청에서 붙여 준 이름이 새겨진 묘비 위에 꽃을 올려놓는다.

'로즈 씨'.

선선한 저녁 공기가 내려앉을 때까지 그곳에서 내게 남자 운이 조금이라도 있기를 바라는 마음을 안고, 그렇게 로즈 씨와 나는 사랑에 관해 이야기를 나눈다.

낯선 남자와의
하룻밤을
꿈꾸는 여자

운율 맞추는 실력이 형편없고, 도자기 피부를 가진 -너무 고와서 거의 푸른빛이 감도는 도자기이지만- 어느 여류 시인 때문에, 나는 1999년 7월 13일에 홀로 운전대를 잡고 여태 한 번도 가 본 적 없는 투케로 향하는 길을 달리고 있다.

자동차 라디오에서는 아침부터 카브렐의 신곡 〈오르 세종〉이 세 번째 흘러나온다. 여름 노래치고는 노랫말이 아주 쓸쓸하고 차갑게 들린다.

그래도 바다는
부서지는 파도가 밀려와도

늘 같은 노래를 담담히 부르네
'지금 어디 있니?'

내 나이가 뜨겁게 불타오르던 서른다섯 살, 애 셋을 낳고 원래의 탄탄한 몸매를 끝내 되찾고 싶은 욕망이 끓어오르던 그때였다면 '파트리크 쿠탱'이라는 가수가 부른 한심하고도 간절한 노랫말이 더 좋았을 텐데.

해변을 거니는 여자들을 쳐다보는 게 좋아
그녀들은 옷을 벗고 얌전한 척을 하지만
서로 눈빛을 주고받으며 저 남자 뭐냐고 묻지

내가 사랑했고, 해변에서 함께 거닐며 나를 바라보았던 그 남자가 훗날 내 남편이 되고, 내 아들의 아버지가 되었지만, 어느 순간 더 이상 나를 바라보지 않기 시작했다.

내일이면 나는 쉰다섯 살이 된다.

나는 1944년 7월 14일에 태어났다. 정말 많은 일이 있었던 한 해, 역사책의 여러 장을 차지하고 있는 그해. 그중 좋은 일이라면 이런 것들이 있다. 장 아누이가 나치 독일 점령 중, 아틀리에 극장에 연극 〈안티고네〉를 올렸음. 6월 6일 노르망디에 13만2천 명에 달하는 연합군이 상륙함. 패튼 장군이 디낭부터 반, 드뢰를 차례로 진격해 들어와 마지막으로 샤르트르를 해방시킴. 아주 괴팍한 장군이긴 했지만. 르클레르 군사령관이 파리를 해방시키고 드골 장군이 그 자리에서 아주 유명한 말을 남김. '파리, 비록 치욕을 당하고, 산산조각이 나고, 박해받았어도, 파리는 해방되었다!' 리나 마르지가 〈아 르 프티 뱅 블랑〉*이라는 곡을 발표하고, 아라공이 《오렐리앙》을 출간함. 나쁜 일이라면 이런 것들이 있다. 데스노스와 말로가 체포됨. 레지스탕스 운동가 35명이 불로뉴 숲 폭포 근처에서 총살당함. 오라두르 쉬르 글란 마을에서 642명이 학살당함. 드랑시에서 포로를 태운 마지막 기차가 아우슈비츠로 떠남. 이 외에도 수만 가지가 넘는 서로 다른 비극들이 역사책을 가득 채우고 있다.

55년 전, 부모님은 내게 모니크란 이름을 지어 주셨다. 그 시대에는 그 이름이 마리, 니콜처럼 유행이었다. 하지만 나는 분홍빛이 감도는 갓난아기에게 모니크란 이름을 붙이는 건 일종의 가학적 취미라는 생각을 늘 해 왔다. 뭔가 덜 날카롭고, 보다 부드럽고 여성적인 이름이었으면 좋겠다는 생각을 했다. 남자 혀끝에서 뭔가 달콤하게 느껴지는 그런 이름. 잔이나 릴리안, 루이즈 같은 이름.

내일, 내 이름은 루이즈가 된다.

---

* Ah le petit vin blanc, '아, 나의 연인'이라는 뜻. 프랑스 해방의 기쁨을 표현한 노래.

*

운전을 하면서, 〈오르 세종〉이라는 말 때문에 빙긋이 웃었다. 그 말은 '오르 세르비스[**]'라는 말을 떠올리게 했고, 바로 내가 '오르 세르비스' 상태인 사람이 아닌가 하는 생각이 들었기 때문이다.

축 처진 뱃살과 탄력 없는 몸매를 가진 지금도, 살을 드러내고 모래사장을 거닐면 굶주린 늑대들이 '삶의 욕망으로 부푼 그녀의 가슴/네가 쳐다보면 시선을 돌리네'라는 노래를 불러 줄까? 하기야 수유로 처지고 튼 살이 보이는데도, 아직 끔찍한 중력의 법칙에서 벗어나지 못한 처지인데도, 여전히 사람들이 내 가슴에 대해 이야기할 때가 있기는 했다.

도로에는 정신 나간 사람들이 있어서 갑작스레 속도를 줄여야만 했다.

하지만 욕은 하지 않았다. 공기 중에는 타르와 접시꽃 향기, 담배 냄새가 뒤섞여 떠다녔다.

크로투아에 오니 투케까지 53킬로미터 남았다는 도로 표지판들이 보였다. 이제 한 시간 안에 그곳에 도착한다. 그리고 지금부터 한 시간 조금 넘은 시간이면 이틀 밤을 예약한 웨스트민스터 호텔 방에

** hors service, 프랑스어로 '고장 난', '불능인'이라는 뜻.

서 새로 산 검정 수영복을 입어 보고 있을 것이다. 고급스러운 느낌에 세련된 디자인, 가슴 부분이 깊게 파인 수영복. **자기가 가지고 있는 걸 누릴 줄 알아야 하는 거야.** 엄마가 늘 하시던 말씀이다. 샴페인도 주문해야겠지. 그것도 테탱저 로제 샴페인으로! 아주 차갑게. 은빛 이브닝드레스를 입은 페기 수처럼 빙그르르 돌아도 보고.

입안에 샴페인 한 모금을 머금으면, 입천장 아래 혀 위로 기포가 일고 그 기포가 모여 문자를 만들고, 여전히 예쁘고 섹시하다고 내게 속삭이는 문장을 만들어 낼 것이다. 특히 하고 싶게 만드는 여자라고, 사실 몇 년 전부터 내 남편은 그 부분에 대해 내가 의문이 들도록 만들었다.

남자가 날 위해 다시 짐승이 되고, 나와 함께 욕망의 정수 그 자체인 열정의 근원으로 되돌아갈 수 있다고 믿게 하는 멋진 문장.

호텔 방에 있는 커다란 거울 앞에 서서 손으로 배를 쓰다듬고 손가락으로 살짝 살을 꼬집어 보며 내 몸매를 훑어보겠지. 그러고는 웃음 짓겠지. 웃음을 지을 때의 내가 훨씬 예뻐 보인다는 걸 잘 알고 있으니까.

사람들이 나를 보고 늘 하던 말이니까.

내일, 나는 루이즈가 된다.

*

내일 나는 괴물들과도 맞닥뜨려야 하겠지. 완벽한 몸매의 소유자들. 끔찍해. 젊어서든 칼을 대서든 어떻든 나무랄 데 없는 가슴을 가진 여자들. 봄호 패션 잡지나 황갈색 광택지에서 튀어나온 듯한 몸매를 지닌 여자들 말이다. 그런 여자들을 바닷가나 모래사장에서, 우리와 우리의 남자들 그리고 우리의 흐느적거리고 칼자국 나 있는 뱃살과 몇 미터밖에 떨어지지 않은 곳에서 직접 마주하는 것이다. 하늘거리는 치마 아래 '지구본 둘레를 이리저리 재어 보는 컴퍼스*'같이 다리를 훤히 드러내 놓고 카페테라스에 앉아 있는 여자들. 오십이 넘은 내 나이를 계속 떠올리게 만들며 굴욕을 주는, 우리 같은 여자들은 절대 가질 수 없는, 꿈에 그리던 몸매를 가진 여자들. 삶과 출산, 세월, 냉혹한 시절, 남모르는 고통이 우리한테서 빼앗아 가 버린 것. 게다가 남편도 더는 바라보지 않으니, 나는 내 몸을 사냥꾼이나 야만인, 그것도 아니면 다른 포식 동물한테 노출해야겠지. 그들의 젊은 애인과는 거리가 먼 몸매라도 다른 여자들처럼 잡아먹히기를 바라며 그들에게 나를 바쳐야겠지.

나는 지금의 내 몸이 전쟁터를 방불케 하는 모습이라는 걸 잘 안다. 아랫배에는 가시덤불 같은 주름이 군데군데 나 있고 -아들 셋은 무척 무거웠다- 허벅지 위쪽으로는 핏줄이 드러나고, 발에는 굳은살까지 생겼다. 그래도 실루엣은 여전히 봐줄 만하고 얼굴도 꽤 예쁘

---

* 프랑수아 트뤼포 감독의 영화 〈여자들을 사랑한 남자〉에 나온 샤를 드네의 대사.(원주)

긴 하다. 얼굴은 옛날부터 신경을 쓰고 있다. 노화 방지와 자외선 차단에 열심이었고, 안색을 칙칙하게 하고 피부를 건조하게 만드는 담배도 피지 않았으니까. 그래서인지 요즘도 가끔 혼자 있거나 심지어 남편이랑 같이 있어도, 남자들이 날 보고 미소를 짓거나 내가 지나간 뒤에 내 뒷모습을 하염없이 바라볼 때가 있다. 그럴 때면 이제는 남편과 열렬한 사랑을 나누는 시기가 지나고 그저 최소한의 애정만 주고받는 나이가 된 내가, 갑자기 뜨겁게 불타오르는 나이로 되돌아간 것만 같다.

나는 사랑받는 여자였다. 남편을 만나기 전에는 아니었지만 남편한테서 엄청난 사랑을 받았다. 25년이 넘도록. 처음엔 엄청난 사랑이었고 깊은 사랑이었다. 그러다가 순식간에 세 아이가 생기고 웃음이 끊이질 않았다. 물론 끔찍한 일들도 있었다. 자전거 사고가 두 차례 나기도 하고, 경오토바이를 도둑맞기도 하고, 턱이 깨지기도 하고, 계란 알레르기가 생기기도 하고, 머리를 삭발하기도 하고, 사과나무에서 떨어지기도 하고, 건물 2층 높이에서 떨어지기도 하고, 몇 날 며칠을 성홍열에 시달리기도 하고, 0.5점이 모자라 대입자격시험에 떨어지기도 하고, 어느 8월 15일 해변에서 아이를 잃어버리기도 하고, 난폭한 사냥개한테 물려 새끼손가락이 잘려 나가기도 하고, 치아 두 개가 나가기도 하고, 아들 셋 모두 첫사랑의 슬픔까지 겪었다.

아이들이 너무 빨리 컸다.

나는 엄마로 사는 게 정말 행복했다. 아이들을 돌보고, 대대로 엄마들이 해 오던 행동을 그대로 따라하는 게 좋았다. 쓰다듬고, 보살피고, 맛있는 요리를 해 주고-엄마표 피자나 크레페를 직접 만들어 주면 아이들은 정신을 못 차렸다-, 그날그날 입을 옷을 골라 주고, 저녁마다 이야기를 들려주고, 아이들과 함께 울고 웃었다. 심지어 하루는 주둥이가 좁은 병에 끼여 새파래지고 퉁퉁 부어오른 집게손가락을 빼내려고 구급 대원을 부른 적도 있었다.

우리는 남쪽에서 여름을 보내곤 했다. 생 라파엘과 라 가르드 프레네, 또 어떤 해는 생트로페에서. 하지만 그곳은 우리 가족 모두가 싫어했다. 한 달 간 집을 빌려 지냈는데, 남편은 처음 2주일만 있다가 작업장으로 되돌아갔고, 주말에만 다시 찾아왔다. 아이들은 해변에서 하루 종일 함께 시간을 보내곤 했지만, 나중에 사춘기가 되어 목소리도 굵어지고 털도 난 뒤에는 오후 내내 어디론가 사라지고 안 보였다. 그랬다가 저녁이 되면 맥주나 칵테일에 취해서 돌아왔다. 입술에는 딸기 향 립글로스를 묻히고, 머리카락에선 순한 담배 냄새를 풍기고, 볼이 발그레해진 모습으로. 어떤 때는 다리까지 떨면서 돌아오기도 했다. 그러면 나는 왠지 모르게 마음이 뿌듯했다. 한편으론 그들의 열정이 부럽기도 하고, 그 옛날 내가 가졌던 열정이 그립기도 했으며아이들이 너무 빨리 어른이 된 것 같아 아쉽기도 했다.

아이들은 이제 다 컸다. 더는 우리와 함께 여름을 보내지 않으니 우리 가족이 다 함께 여름휴가를 떠날 일도 없다. 아이들은 각자 그들만의 해변을 즐기고, 밤마다 다른 이불을 덮고, 다른 팔베개를 하면서도, 그 얘기를 나한테 꺼내 놓지 않는다. 그런 얘기를 털어 놓기에는 내가 너무 늙었다고 생각하는 거겠지.

*

아이들이 내 품을 떠나고 나자 남자들은 절대 이해하지 못할 증상이 한꺼번에 나타났다.

끝을 알 수 없는 우울함에, 불쑥불쑥 얼굴이 화끈거리고, 살이 찌고, 피부가 건조해지고, 두통이 오고, 기분 장애까지 왔다. 아이를 만들 수 있었던 예전의 내 몸과 생을 마감한 내 자궁에 작별을 고해야 하는 한없는 슬픔을 느꼈다. 이제는 오직 쾌락을 위해 존재하는 거라며 산부인과 의사가 용기를 북돋아 주었다. 오직 쾌락을 위해. 내 남편이 더 이상 채워 주지 않는 그 쾌락.

결국 둘만의 여름은 더 짧아지고 더 멀어졌다. 비행기로 열다섯 시간 떨어진 곳에 있는 섬. 유럽 한가운데 산악 지방에 있는 오두막. 미국 횡단 도로 66번 국도 끝자락 같은, 우리의 행복한 여름을 떠올리게 할 만한 추억은 아무것도 없었다. 소나무나 라벤더 향기를 맡거나, 길게 이어지는 유쾌한 식사를 하거나, 느닷없이 식탁에 날아든 말벌 때문에 고함을 내지른 기억 같은 건 없었다.

이렇게 몇 년 동안 서로 삐거덕거리며 시간을 보낸 뒤, 결국 남편과 나는 견딜 수 없는 침묵에 빠지고 말았다.

저녁마다 나는 일찍 방으로 올라갔다.

저녁마다 남편은 늦게까지 책을 읽었다.

우리는 서로를 위로할 수 없는 처지까지 갔다.

나는 밤이면 혼자 침대에 누워 옛날에 우리가 서로 주고받았던 말을 떠올리기도 했다. 나를 정신 못 차리게 만들었던, 처음 불타올랐던 욕망의 속삭임. 우리의 갈망이 담긴 말들. 이제는 사라지고 없는 그 말들을 나 혼자 중얼거려 보기도 했다. 그러면 말들은 잠시 어두운 방 안을 떠다니다가 내 살갗에 내려앉았고, 그럴 때마다 난 숨죽여 몸을 파르르 떨곤 했다. 허전함은 흰개미 떼처럼 내 마음을 갉아먹었다.

그 말들이 마음속에 꼭꼭 묻혀 있던 시절, 나는 우리 집에서 몇 킬로미터 떨어진 생긴에 있는 시 소모임에 들었다. 그 나이면 대형 마트 바닥 청소 전문가나 시립 체육관 관리인 같은 새로운 일자리를 힘들여 찾아내는 것보다는 시나 써 보는 것이 합리적일 거라 생각했다.

모임을 주선하는 사람도 '전업주부'였는데, 안색이 파리해서 사람들이 그 여자 건강에 대해 쑥덕거릴 정도였다. 그녀가 시를 쓰면 은행원인 남편은 자비를 들여 시집을 출간했고, 작품들은 생긴에 있는 저택 거실에서 매달 한 번씩 오후 낭송회를 열어 발표했다. 초대된 청중한테는 보통 다과가 마련되었다.

나는 재미 삼아 6행시를 몇 개 지어 보았는데 너무 어려웠고, 5행시와 4행시도 도전해 봤지만 마찬가지였다. 결국 2행시 정도에 만족해야만 했다. 그런데 내가 지은 시들은 낯빛이 창백한 그녀의 취향과 맞지 않았다.

"당신은 여기 있는 다른 회원들과는 뭔가 달라요, 모니크 씨(아직 루이즈가 아닐 때였다). 당신은…… 나랑은 뭔가 달라요. 우리는 사실 이미 엄청 두렵고 체념한 상태라, 도저히 우리가 살아 낼 수 없을 것 같은 것들을 시로 쓰고 있거든요. 그런데 당신은 아주 열정적이에요. 여자들을 정말로 살아 있게 만드는 깊은 고민에 빠져 있네요. 당신 안에는 무언가 러시아적인 정서가 있어요. 제 막내딸 빅투아르가 꼭 당신 같죠. 이제 겨우 열세 살인데 벌써 불같이 흥분할 줄도 알고, 고통을 느낄 줄도, 완전한 행복을 느낄 줄도 아는 것 같아요. 모니크 씨, 떠나요. 당신이 느끼는 결핍을 종이 위에 잠재우지 말아요! 떠나요. 열정을 불태워요. 어디론가 가서 자신의 모든 것을 쏟아내 버려요. 그 속에서 우리는 자신의 참모습을 발견하는 거니까요."

한참 말을 늘어놓던 그녀가 일순간 지쳐 보였다. 아마 말을 너무 많이 한 거였겠지. 속마음을 너무 많이 내보인 것 같았다.

"투케에 가서 모두 쏟아 내요. 그곳은 정숙하지 못한 여인의 이불처럼 바닷물이 빠지는 곳이죠. 게다가 분명 멋진 남자들도 만날 수 있을 거예요."

그날 저녁, 남편과 나는 오랜 시간 동안 대화를 나누었다. 남편에게 내가 느끼는 공허함과 욕망에 대해 이야기했다. 남편은 내 말을 듣더니 반박했다. 우리 둘은 와인 한 병을 꺼내 마셨다. 남편이 '아주 특별한 날'을 위해 아껴 두었던 와인들 중 하나였다. 우리는 와인 잔을 기울이며 함께 울고 웃다가 의견을 하나로 모았다. 그렇게 해서 1999년 7월 13일, 나는 우리 집에서 180킬로미터 떨어진 곳으로 떠났다. 홀로.

정숙하지 못한 여인의 이불처럼 바닷물이 빠지는 그곳으로.

*

그렇게 해서 투케에 도착했다. 자동차와 자전거, 관광용 네발자전거 행렬이 숲속을 가로지르는 기다란 붉은 길을 따라 이어져 있고, 이쪽저쪽 곳곳에 집들이 숨어 있었다. 웃음소리와 물소리도 들려오고, 불 피우는 냄새도 났다. 몇 킬로미터를 천천히 따라가다 보니, 빨강 벽돌과 하얀 발코니가 조화를 이룬 웅장한 웨스트민스터 호텔 건물이 모습을 드러냈다.

시간은 오후 여섯 시, 노스트라다무스의 말대로라면, 세상의 종말이 코앞으로 다가왔다.

*

호텔 방에 들어서니 좁은 탁자 위에 빨강 히아신스 다섯 송이가 꽂힌 예쁜 화병이 놓여 있었다.

입가에 미소가 번졌다.

그렇게 시작되었다.

히아신스, 내가 아는 꽃이었다. 구근 식물인 이 멋진 꽃은 그리스가 원산지였지 싶다. 신화에서는 원반던지기를 하다가 원반에 맞아 죽은 미소년 히아킨토스가 피를 흘린 곳에서 피어난 꽃이라 했다. 끔찍한 죽음 앞에 고통스러웠던 아폴론이 히아킨토스가 흘린 피에서 붉은색 히아신스 한 송이가 피어나게 하고, 그 소년이 영원히 소생할 수 있도록 한 것이라고.

빨강 히아신스의 꽃말이 '-약간은 에로틱하게-사랑을 하고 싶나요?'라고 했다.

지금은 거의 잊힌 이야기이지만, 히아신스는 17세기 성 클라라회에 있던 어느 수녀의 이름이기도 했다. 부모님 뜻에 따라 억지로 수도원에 들어갔던 이 수녀는 그곳에서 10년 넘게 파렴치한 생활을 하며 지냈다.

파렴치하게.

*

나는 계획했던 대로 –아주 차가운– 테탱저 로제 샴페인을 한 잔 마시고 나서 새로 산 수영복을 다시 입어 보았다. 커다란 거울에 비친 내 가슴과 가늘고 긴 다리, 엉덩이, 허리를 뚫어져라 바라봤다. 불룩 나온 살을 꼬집어 보기도 하고 웃어도 봤다. 역시나 내 웃음은 환하고 보기 좋았다.

샴페인 기포가 내 귓가에 대고 예쁜 말을 속삭이기도 하고, 나를 불안하게 만드는 말을 하기도 했다.

나중에는 검정색 미니 원피스를 걸쳤다. 치마 아래로 드러난 다리는 남자들의 안구 어디든 갖다 대고 돌리면 돌아가는 컴퍼스가 따로 없었다.

그렇다. 어두운 호텔 바 안으로 들어서는데 심장이 마구 부풀어 올랐다. '마호가니'라는 바. 사람들도 많고 아주 시끌시끌했다. 순간 내가 입은 원피스가 너무 야하다는 생각이 들었다가 사랑에 푹 빠진 몇몇 여인들이 짓는 미소를 보고 마음이 놓였다. 문이 열리고 아찔한 약속과 외설적인 언행들이 오갔다. 여름날, 어둠이 드리우고 술기운이 퍼지자 수줍어하는 몸짓들이 하나둘씩 모습을 드러냈다. 남편들은 멀리 있고 여자들은 혼자였다.

테이블은 꽉 차 있었다. 안쪽에 약간 외진 자리에서 키 작은 노부부가 나란히 앉아 포트와인을 마시고 있었다. 두 사람은 서로를 사랑스러운 눈빛으로 바라봤다. 뻣뻣하게 굳은 손가락을 서로 마주 대고, 깍지를 꼈다. 그 모습을 보는데 갑자기 숨 쉬기가 힘들어졌다. 그곳에서 위대한 러브스토리가 벌어지고 있다는 생각이 들어서일까. 사실 세상 사람 누구나 그런 러브스토리를 꿈꾸지만 실제로 경험해 보지 못하고 그저 보잘 것 없는 인생의 쓴 맛만 느낄 때가 많으니까. 우리는 늘 너무 옹색한 사랑만 하지 않는가.

"어디 안 좋아요?"

노부인이 나한테 물었다.

그녀는 맑고 온화한 눈빛을 가진 사람이었다. 나는 말을 더듬었다.

"아뇨. 전."

"잠깐 앉아요. 여기 너무 더워요."

그 말에 나는 노부부 맞은편에 놓인 1인용 작은 소파에 앉았다. 노신사의 눈빛도 맑았다. 움푹 파인 볼에 높게 자리 잡은 광대뼈가 얼굴에 세련된 윤곽을 잡아 주고 있었다. 두 사람은 서로 많이 닮아 보였다. 선남선녀가 따로 없었다. 나도 모르게 노부부에게 보기 좋다는 얘기를 하니 노부인이 손사래를 치며 웃는다.

"우리가 아니라 우리가 살아온 인생이 멋진 거겠죠. 우리가 겪은 풍파마저도 아름다웠으니까. 물 한잔 마실래요?"

나는 괜찮다고 고개를 저었다. **감사해요.** 나는 두 사람한테 사로잡히고 말았다.

"실례지만, 두 분 함께하신 지 얼마나 되셨어요?"
이번에는 노신사가 웃으며 입을 뗐다.
"우리 둘이 그렇게 안 어울려 보여요?"
"아뇨, 무슨 말씀이세요. 그 반대죠. 두 분이 꼭 만난 지 얼마 안 된 연인처럼 서로를 바라보셔서요."
"아, 우리는 50년 넘게 매일 만나는 사이예요."
노부인이 짓궂은 말투로 끼어들었다.
갑자기 내게 부족한 모든 것이 눈앞에 나타난 듯했다. 노부인이 내뱉은 몇 마디 말 속에, 두 사람이 주고받은 눈빛 속에, 두 사람의 무한한 사랑 안에 그 모든 게 있었다. 나는 일어섰다.
"이제 좀 괜찮아졌어요. 감사해요."
두 사람한테서 멀어졌다. 망치로 머리를 한 대 맞은 것 같았다.
점원이 나한테 바에 앉는 게 어떻겠냐고 제안했다.
바에 놓인 팔걸이 없는 빨간 가죽 의자에 가서 앉았다. 내가 앉기 전, 그 옛날에는 타마라 드 렘피카나 마를렌 디트리히, 글로리아 스완슨이, 또 요즘에는 루 두아용이나 샤를로트 램플링, 카롤 부케가 치명적인 매력을 내뿜으며 앉았을 법한 자리였다. 영화에 나오는 슬로 모션처럼 다리를 천천히 꼬았다. 살면서 그런 자세는 처음 해 본 거였다. 금세 얼굴이 달아올랐다. 바텐더가 칵테일 메뉴판을 내밀었다. 적혀 있는 재료 이름만 봐도 머리가 어지러웠다*. 얼마 동안 고르지 못하고 망설이고 있는데 내게 한 남자가 가까이 다가오는 듯 싶더니, 순간 내 목 언저리에서 속삭이는 목소리가 들려왔다.

"괜히 볼 필요 없어요. 당신한테 어울리는 술은 샴페인뿐이에요."

순간 내 몸이 떨렸다. 세상에, 이렇게나 빨리. 남자들의 욕구는 채워지지 않는 법이고 다급하면 썩 매력이 없는 여자라도 가지고 싶어하기도 하니까. 나는 무의식적으로 위로 올라간 원피스를 아래로 끌어 내렸다. '고(故)' 모니크한테서 나온 오래된 반사적 행동이랄까. 방금 들려온 목소리가 정말 마음에 들었다. 따뜻한 중저음 목소리. 그 남자가 내뱉은 말도 마음에 들었다. 간결하고 단호하게 내뱉은 말. 전문가다운 말. 누군지 얼굴을 보려고 천천히 고개를 돌려 봤지만 그 남자는 이미 사라지고 없었다. 막상 가까이에서 보니 마음에 들지 않았던 걸까. 내 다리, 내 실루엣, 내 나이.

결국 샴페인 한 잔을 주문했다.

남자들이 내가 혼자여서가 아니라 아름다워서 다가왔으면 좋겠다. 경험이 있는 여자라서가 아니라 아무것도 모르는 여자여서 다가왔으면 좋겠다.

잠시 뒤 또 다른 남자들이 다가오더니, 자기들 모임에 함께 하지 않겠냐고, 페라르 레스토랑에 가서 같이 생선 수프를 먹지 않겠냐고-그 레스토랑은 생선 수프가 별미인가 보다-, 다른 데 가서 한 잔

---

* '아블리노스'(봉밀액, 아블랭 산(産) 카시스 리큐르, 시드르 브뤼), '라 프레티즈'(울 산(産) 진, 캉브레 산(産) 크렘 드 베티즈, 산딸리 리큐르), '칸로스'(럼, 배즙, 스페퀼로스 시럽), '르 플랑퇴르 뒤 노르'(럼, 봉밀액, 배즙, 팽데피스 시럽).(원주)

더 하지 않겠냐고, 같이 춤추러 가지 않겠냐고 했다. 하지만 나는 새로운 친구를 사귀고 싶지도, 여럿이 모여 왁자글하게 웃고 떠들고 싶지도, 혁명 기념일 댄스파티에 모여 서툴게 춤추는 사람들 사이에 끼고 싶지도 않았다. 그저 어디론가 끌려가 납치되고 싶었다. 잡아먹히고 싶었다.

하지만 남자들은 모두 눈이 멀어 있는 듯했다.

여자로서의 마지막 전율을 느껴보고 싶었다. 노랫말 속 이야기를 정말로 믿게 만드는 전율. '정말이야, 맹세해/너 이전엔, 아무도 없었어**' 잔인함과 절망, 환희를 되찾아 주는 전율. 억제할 수 없는 진짜 욕망까지도. 온몸을 내던지게 하고, 우리를 파멸로 이끌고, 때론 우리에게 눈물만을 남기는 그런 욕망.

나는 온화한 별빛을 두 눈에 담고 '마호가니'를 나섰다. 홀로.

어둠이 서서히 내려앉고 가로등이 차례로 빛을 밝혔다. 밤공기가 포근했다. 호텔 직원이 알려 준 길을 따라 내려가 해변대로까지 갔다. 행복해 보이는 가족들과 젊은 남자들이 눈에 들어왔다. 젊은 남자들은 파티를 열고, 춤추고, 술 마시고, 여자들을 유혹하러 이곳에 온다. 여름이 되면 몸이 먼저 반응을 보이기 마련이고, 남녀가 뜻이 통하는 데는 많은 말이 필요 없는 법이니까.

하지만 여름이 지나고 나면 불행한 여자들이 꼭 생긴다. 나쁜 남

** 〈아 샤크 푸아(A Chaque fois)〉의 가사. 프랑스 가수 바바라 노래.(원주)

자, 끝내 하지 못한 키스, 달랠 수 없는 슬픔. 이곳에서는 어디서든 희망에 가득 찬 사람들과 마주친다. 언젠가 병에 걸리거나, 두려움과 마주하거나, 누군가에게 버림받고 견디기 힘든 순간이 왔을 때, 그 시간들을 버틸 수 있게 해 줄 행복한 추억을 얻어 가려는 희망 말이다.

그들은 그 소소한 추억을 얻기 위해, 지난 1년 동안 뼈 빠지게 일하며 아끼고 아낀 돈을 단 일주일 간의 여름 휴가, 하룻밤의 파티를 위해 기꺼이 내놓는다.

여름휴가는 어린 시절의 순간을 되찾는 시간이다. 우리가 영원한 존재였던 그때. 우리가 결코 서로 헤어질 일이 없었던 그때.

투케 시에서 다음 날 열릴 파티를 위해 주차장에 대형 무대를 설치해 놓았다. 하늘은 맑았고, 색색의 전구들이 밝게 빛났다. 남자아이들은 벌써 춤을 추고 있었다. 잠 못 이루게 하는 음료수와 음악도 가져다 놓았다. 몇몇 어른들도 한데 섞여 빙빙 돌고 있었다.

그 모습을 보고 있자니 그 옛날 언젠가 춤췄던 기억이 떠올랐다. 열두 살에 진땀을 뻘뻘 흘리던 남자아이와 처음으로 춤췄던 기억. 열네 살에 제일 친한 키다리 빨강 머리의 여자 친구와 슬로 댄스를 췄던 기억. 그 친구 머리카락이 꼭 축축하게 젖은 작은 수풀과 습기를 머금은 나무껍질 같았다. 우리 둘은 어느 순간 혼란스러운 감정을 느꼈고, 결국 서로 껴안고, 서로의 몸을 더듬었고, 그렇게 만들어진 우리 둘만의 비밀이 우리에게 꼭꼭 숨겨 두고 싶은 보물이 되었다.

나는 해변에 신발을 벗어 두었다. 모래가 서늘하다 못해 차가운 느낌이 들었다. 아이들은 무모하게 뛰어들었다가 온몸이 꽁꽁 언 채로 되돌아 나왔다. 나는 아이들과 반대로 바다를 향했다. 엄마들은 비치 타월을 손에 들고 아이들을 기다렸다. 해변 한쪽에는 말 탄 사람들이 줄지어 천천히 움직이고 있고, 모래 위로 그림자가 길게 드리워져 있었다. 더 멀리, 젊은 남녀들이 가운데 모닥불을 피워 놓고 둘러앉은 모습이 보였다. 바람결에 기타 소리와 생선 굽는 냄새, 깔깔거리는 웃음소리가 실려 왔다. 밤이 되었는데 아무도 집으로 갈 생각이 없어 보였다. 모두가 더 즐기고 싶어 했다.

"당신한테는 샴페인 한 잔이 딱 어울렸어요."

나는 움찔했지만 뒤돌아보지 않았다. 그는 내 뒤로 1미터도 채 되지 않는 거리에 와 있었다. 난 두렵지 않았다. 이미 알고 있는 사람이니까.

"좀 전 호텔 바에선 순식간에 사라지고 없더군요."

"사람들이 너무 많아서요."

"남자답지 못한 행동 아니었나요? 그래서 결국 후회가 들어 여기까지 날 쫓아온 건가요? 도망쳐서 미안하다는 얘길 하려고요?"

"후회 같은 건 없어요."

"그럼 당신은 소심함을 매력으로 어필하려는 부류의 사람인 거예요?"

"아뇨."

"결혼은 했나요?"

"네."

"유부남이 혁명 기념일 주말 밤, 해변에 나온 여자를 쫓아오는 건 무슨 경우죠?"

"운을 시험해 보려는 남자인 거죠."

"썩 듣기 좋은 말은 아니네요."

"제 아내는 주중에 먼저 떠났어요."

"그 말도 썩 그렇게 듣기 좋진 않네요."

"미안해요. 실은 제가 이런 밤에 맨발로 해변을 걷고 있는 여인에게 접근하는 일에 썩 익숙한 사람이 아니라서."

"하지만 방금 전만 해도 아무 스스럼없이 바에 있는 유부녀한테 접근했지 않나요?"

"아, 결혼하셨어요?"

"네."

"그럼 남편은 어디?"

"당신 아내랑 같이 있겠죠 아마."

내가 미쳤지.

"아닐 걸요. 제 아내는 그런 부분에 지나치게 신중한 편이라."

"하지만 제 남편이 능수능란하게 여자 마음을 단번에 사로잡을지 누가 알아요, 당신과는 정반대로 말이에요."

미친 게 분명해.

"당신이 처음이었어요. 이런 경험은 처음이에요."

"처음이라고요? 초짜치고는 정말 대범하군요. '당신한테 어울리는 술은 샴페인뿐이에요'라며 소설책에서나 나올 법한 말을 했잖아요."

"누구한테도 그렇게 말해 본 적이 없어요. 당신이 처음이에요."

"처음이었나요, 처음인 건가요. 시제를 잘 사용하셔야 할 것 같은데."

"맨 처음 제 눈에 들어온 건 당신 다리였어요. 트뤼포 영화에서 샤를 드네가 했던 대사가 떠올랐죠. 그런 다음 당신이 팔걸이 없는 의자에 오를 때, 당신 엉덩이가 눈에 들어오고 이어서 당신이 마치 슬로 모션처럼 다리를 꼬는 모습을 보았죠."

감동적인데?

"그때까지도 내 얼굴은 보지 않았던 건가요?"

"그랬죠, 얼굴은 보지 않았어요. 내 눈에 당신 목덜미가 들어오는 순간 당신한테 다가가 그 형편없는 대사를 속삭였던 거예요."

"나름 멋진 대사였어요."

"당신은 말도 안 되는 이름을 붙여 놓은 칵테일을 주문해 놓고, 자기가 무슨 할리우드 오스카상 트로피라도 손에 쥔 듯 비장한 모습으로 쉐이커를 흔들고 있는 바텐더를 보고 있는 게 어울리지 않는 여자 같았거든요. 샴페인이 당신에게 유일한 답이었죠."

"그런데 왜 갑자기 사라진 거죠?"

"당신이 날 보고 너무 못생겼다고 생각할까 봐요."

"못생겼나요?"

"지금이 밤이라 다행이네요."

"나도 당신이 생각하는 것보다 매력이 없을 거예요."

"밤인데요, 뭘."

"생각보다 나이도 많고요."

"깜깜한 밤인걸요."

"당신 목소리가 참 좋아요."

"이 목소리로 이런 얘기를 하고 있는 건 처음이에요."

"또 그 소리인가요?"

"**또 그 소리인가요?** 록산느* 같군요."

"**좀 더 얘기해 봐요! 좀 더요!**"

"당신을 본 순간, 내 마음이 흔들렸어요."

"하지만 당신은 이미 결혼한 사람이잖아요."

"그건 당신도 마찬가지이죠."

"바람피운 적 있어요?"

"아뇨."

"그럼 그러고 싶은 마음이 든 적은요?"

"그러고 싶은 마음이라, 아뇨."

"그럼 그런 비슷한 상황에 놓인 적은요?"

---

* 프랑스 극작가 에드몽 로스탕의 작품 〈시라노 드 베르주라크〉에 등장하는 인물. 남자 주인공인 시라노가 사랑하는 여인.

"있었죠."

"좀 더 얘기해 봐요! 좀 더요!"

"기꺼이 신세를 망칠 만큼 푹 빠질 만한 여자는 없었어요."

"만약 그런 여자가 있었다면요?"

"아직 그런 여자를 한 번도 못 만났다니까요."

"어쨌든 당신은 나한테 이렇게 접근했잖아요. 그럼 난 그럴 만한 여자인 건가요?"

내가 미쳐도 제대로 미쳤군.

"그래요, 록산느. 당신은요? 당신은 바람피운 적 있어요?"

"내 이름은 록산느가 아니라, 루이즈예요."

"루이즈, 이름이 예쁘네요. 혀끝에 달콤함이 감도는 이름 같아요. 달콤한 와인처럼."

"모니크라는 이름을 가질 뻔했죠."

"말도 안 돼요, 그건 시큼한 와인 같은 이름이잖아요. 정말 아녜요. 당신한텐 루이즈라는 이름이 어울려요. 그래서 그런 적 있어요?"

"아뇨. 한 번도 남편을 배신한 적 없어요."

"그러고 싶은 마음이 든 적도 없어요?"

순간 웃음이 새어 나왔다.

"왜 없어요, 있죠!"

"어째서요?"

"어떤 남자가 호텔 바에서 나한테 다가와 목소리를 낮게 깔고 '당신한테 어울리는 술은 샴페인뿐이에요'라고 말해 주길, 그 남자가 투케 해변까지 날 좇아와 주길 기다렸으니까요. 어둠이 내린 밤이라 나도 그 남자의 추한 얼굴을 보지 못하고, 그 남자도 나의 나이 든 모습을 보지 못하기를 바라면서 말이에요. 그 남자가 내 손을 잡아 주길 기다렸으니까요."

그러자 그가 내 손을 잡았다.

"날 꼼짝 못하게 만들기를."

이번엔 날 꼼짝 못하게 붙들었다.

"내 곁에 바짝 다가서기를."

이번엔 내 곁에 바짝 다가섰다.

"목에 키스해 주기를."

이번엔 내 목덜미에 키스를 했다.

"날 보면 흥분된다고 말해 주기를."

"당신을 보면 흥분돼요."

"그러고는 소리치며 도망가기를."

이번엔 내가 달아났다.

그러자 그가 소리쳤다.

"뭐라고 소리치면서 말이에요?"

"다시 만나요!"

*

나는 죽도록 달렸다.

강둑을 따라, 엉망이 된 주차장을 따라, 파티를 위해 만들어 놓은 무대를 향해 달렸다. 아주 번잡한 생장 거리를 지나다가 몇몇 사람들과 부딪치고 말았고, 그 사람들 입에서 욕이 툭 튀어 나왔다. 아가씨한테 하듯 날 보고 휘파람을 불어 대는 남자들도 있었다. 하지만 나는 그저 웃고 또 웃으며, 스스로 아름답다고 생각했다. 사실 그 순간엔 정말 예뻤다. 맹세코 정말 예뻤다.

*

그런 뒤, 마침내 세기의 마지막 혁명 기념일이 되었다.

*

생일날 아침, 나는 늦잠을 잤다.

아주 오랜만에 실오라기 하나 걸치지 않고 잠을 잤다. 아주 오랜만에 욕망이라는 원시적 감정을 느꼈다. 그 어떤 것도 가능할 것만 같은 관대함을 느꼈다.

밤새 여러 차례 손을 더듬어 내 옆에 누워 있을 다른 사람의 몸을 찾았지만, 곁에 아무도 없다는 것만 확인했다. 심연에 빠졌다. 인생을 함께 정리할 마지막 남자는 누구란 말인가? 멍든 몸과 엄마의 몸, 여자로서의 추억을 계속 불타오르게 할 남자는 누구란 말인가?

아침 식사를 주문했더니, 어린 종업원이 금세 가지고 왔다. 은 쟁반과 하얀 식탁보, 호리한 꽃병에 꽂힌 노랑 장미. '배반'을 뜻하는 노랑 장미를 보는 순간 나도 모르게 웃음이 새어 나왔다. 어린 종업원이 긴장한 모습이 보였다. 내가 귀엽다는 얘기를 꺼내자 종업원은 한 마리 도마뱀처럼 잽싸게 내 방에서 도망쳤다[*]. 그런 뒤, 나는 자신의 영주를 기다리는 아리안[**]처럼 아주 오랜 시간 목욕을 했다.

나처럼. 남자들이 유일하게 집착하는 순간에 무장 해제된 수많은 여자들처럼. 새것처럼.

---

* 투케에서는 혁명 기념일이나 크리스마스 같은 성수기가 되면, 나이 어린 남자 고등학생들이 지역 호텔에 나와 일손을 도움.(원주)

** 알베르 코엔의 소설《영주의 애인》의 주인공.(원주)

*

정오가 되자, 강둑은 인산인해를 이루었다.

자전거와 킥보드, 관광용 네발자전거가 줄지어 다녔다. 짧은 코미디 뮤지컬 한 편을 보는 것 같기도 했고, 장황한 인간 희극을 보는 것 같기도 했다. 아이들은 솜사탕과 아이스크림을 사 달라고 노래를 불러 댔고, 가족들은 모두 점심을 먹으려고 해변에 자리를 잡고 앉았다. 나이 든 남자가 물에서 나오는 젊은 아가씨들을 쳐다보며 담배를 피우고 있는 모습도 보였다. 꼭 로베르 두아노가 찍은 사진 작품들을 보는 듯했다. 혼자인 여자들이 미소를 지어 보이고, 결국 서로 눈빛이 오가고, 만남이 이어지고, 위험이 분명해지고, 9월의 어느 아침에도 시들지 않길 바라며 사랑이 꽃핀다.

나는 난생 처음 여름의 뜨거운 사랑을 겪었다. 나는 사냥꾼에게 몸을 내맡기는 부류의 여자다. 사냥꾼이 사냥한 가죽을 자기 집으로 가져가길 꿈꾸며 말이다.

오랜 시간 강둑을 따라 걸었다. 해변을 한참 지나 루이종 보베 거리와 이어지는 지점까지 갔다. 그곳 모래사장에는 노란 파라솔을 펼쳐 놓고 그 아래 파란 천으로 된 캠핑용 의자를 놓고 앉아 있는 남녀가 있었다. 남자는 잠이 든 것 같았고 여자는 책을 읽고 있었다. 여자의 뒷모습이 꼭 시 소모임 주선자 같았다. 목덜미가 창백하고 몸은 이미 지칠 대로 지쳐 보였다.

아래쪽으로 30여 미터 떨어진 곳에는 모래밭에 난 길쭉한 풀에 살짝 가려 사춘기 소년과 소녀가 보였다. 느릿한 움직임에서 어린애 같은 서투름이 느껴지다가도 일순간 다급해진 몸과 끓어오르는 욕구를 주체하지 못하는 어른의 모습이 비치기도 했다. 둘은 갑자기 키스를 나누더니 역시나 순식간에 헤어졌다. 어린 소녀가 소리쳤다.

"사랑한다는 건 손끝이 찌릿찌릿하고, 눈빛이 이글거리고, 더 이상 배고픔도 느끼지 못하는 거잖아!"

그 순간 머릿속에 장성한 아들 셋이 떠올랐다. 그 녀석들이 여자들의 손끝을 찌릿찌릿하게 만들고, 눈빛이 이글거리게 만드는 부류의 남자가 되길 기도했다. 설령 도망치더라도 결국엔 되돌아오는 남자가 되길 기도했다. 바에서 만난 그 남자, 완벽한 침입자처럼.

나는 모래 언덕에 누워 눈을 감았다. 손가락은 미지근한 온도의 모래 속으로 뱀처럼 미끄러져 들어갔다. 모래알이 마른 물처럼 손을 타고 흘러내렸다. 뜨거운 햇볕이 얼굴을 내리쬐고 바람이 치맛자락을 자꾸만 걷어 올리는데도 그냥 뒀다.

누가 내 무릎에 손을 슬며시 갖다 댔다.

"누구죠. 목소리를 들려 줘요."

"나예요."

무릎에 놓여 있던 낯선 손이 내 허벅지를 타고 위로 올라가더니, 결국 내 다리 사이에서 멈추고 새것과 첫 경험을 나눈다.

*

"여자를 이렇게 애무하는 법은 당신 아내한테서 배운 거예요?

"아뇨. 참을 수 없을 만큼 당신을 갖고 싶은 마음에게요. 정숙하지 못한 마음."

"아내와는 관계를 가지지 않아요?"

"예전처럼 좋지도, 자주 하지도 않죠."

"이젠 아내를 갖고 싶은 생각이 없어요?"

"난 당신을 갖고 싶어요."

"만날 **말만 뻰지르르하게 늘어놓네요. 말로는 무슨 얘기든 못하겠어요.**"

"내 마음은 진심이에요. 이렇게 강렬하게 한 여자한테 끌린 적은 25년 만에 처음이에요."

"당신이 끌리는 건 새로운 것이겠죠. 신선함."

"물론 그런 면도 있겠죠."

"하지만 당신이 날 안고, 결국엔 가지고 나면 나는 금세 흘러간 여인이 되어 있겠죠. 어느 여름날의 추억. 어느 여름휴가에서 쟁취한 전리품. 정숙한 유부녀. 혁명 기념일에 홀로 투케를 찾은 아리따운 중년 여자 말이에요. 남자들은 자기가 빼앗은 전리품을 간직하지 않는 도둑이잖아요."

"그렇지 않아요. 나는 당신 남편한테서 당신을 훔쳐서 영원히 간직할 거예요, 루이즈."

*

그 말에 나는 그를 바라보았다.

그는 아직 예순이 넘지 않아 보였다. 눈가에는 세월의 흔적이 고스란히 느껴지는 주름이 져 있고, 맑으면서도 신비로운 눈빛은 내가 늘 이름이 생각나지 않던 썰매 견의 그것을 꼭 닮았다. 손가락으로 그의 얼굴에 진 주름을 어루만졌다. 그의 뺨은 움푹 패어 있고 도톰한 입술은 꼭 탐스러운 열매 같았다. 빼어나게 잘생긴 외모는 아니지만 강력한 매력을 지닌 남자였다. 언뜻 〈세자르와 로잘리〉에 나오는 이브 몽탕의 모습이 보였다. 이브 몽탕의 치명적인 미소와 힘, 나약한 마음이 그와 꼭 닮은 듯했다.

내가 그의 가슴에 머리를 기대자 그는 나를 꼭 껴안고 능수능란한 손놀림을 보여 준 그 손으로 내 어깨를 감쌌다. 우리는 그렇게 강둑 위를 한참 걸으며 보폭을 넓혔다. 그는 보폭을 조금 줄이고 나는 보폭을 조금 늘였다. 처음으로 속도를 맞추는 일이 꽤 어려웠다. 우리는 미소를 지었다. 아무런 말도 하지 않고 우리 사이엔 오직 뜨거운 마음만 있을 뿐이었다. 마침내 서로에게 고백한 마음속에 불타오르는 뜨거운 욕망과 초조함. 엄마가 된 이후 처음으로 남자와 팔짱을 끼고 있으니 기분이 좋았다.

누군가 나를 열렬히 원하는 느낌.

*

남편이 나를 안아 주는 횟수가 조금씩 줄어들기 시작하면서, 슬프고 단조로운 나날 속에 빠져들 즈음이었다. 웃음과 아이들, 또 다른 좋았던 순간들 말고, 25년 동안 함께한 우리의 시간을 말해 주는 것들이 또 뭐가 있을까 생각해 본 적이 있다. 1만8천 번 돌아간 세탁기, 수천 시간의 다림질, 옷가지를 개고, 정리해 넣고, 떨어진 단추를 달고, 잘 지워지지 않는 얼룩을 지우고, 다음 날 아주 중요한 회의에 입고 갈 셔츠를 골라 깨끗이 준비해 놓으며 보낸 또 다른 수천 시간. 만 번 돌아간 식기 세척기, 접시와 컵을 다시 찬장에 넣고, 식기를 종류별로 정리하는 일은 적어도 그 횟수보다 두 배는 넘게 했겠지. 그리고 접시 하나, 열 개, 천 개를 닦으며 손은 점점 거칠어지고 손가락 끝 부분은 아주 얇은 사포가 되고 말았지. 그래 괜찮아. 백번 괜찮아. 이제 좀 행복해질 때도 됐잖아, 이제는. 날 위해. 나를 잡아먹을 것같이 열렬한 사랑을 쏟아 내는 남자 품에서.

조금 전 모래 언덕에서 했던 것처럼 날 어루만지는 손길에 내 몸을 내맡긴다. 허기졌던 욕망이 다급히 끓어오르며 잠들어 있던 감정을 깨우고 폭풍우처럼 휘몰아치는 욕구를 채운다.

오! 내가 소리친다. 세상에, 얼마나 부끄러운지. 해변에 있던 사람들에게 다 들릴 정도로 크게 소리쳤다. 얼굴이 빨개지고, 당황스러웠다. 모니크라면 절대 하지 못했을 행동이었다. 심지어 남편에게도. 사람들이 다 있는 곳에서 누군가 내 모습을 볼지도 모르는데 나를 본능에 내맡기는 건 감히 상상도 못할 일이었다.

해변대로의 도로테 거리에, 전날 호텔 바에서 만났던 노부부의 모습이 보였다. 두 사람 모두 같은 베이지 색상 카디건을 걸치고 손을 꼭 붙잡고 있었다. 갑자기 불어오는 거센 바닷바람에 상대방이 혹여 날려 가기라도 할까 봐 걱정하는 것처럼. 하지만 그 두 사람은 날 보지 못했다. 순간 몸이 부르르 떨렸다. 언젠가 나도 그들과 닮은 모습을 하고 있었으면 좋겠다고 생각했다. 내 손을 잡고 어떤 일이 있어도 놓지 않을 누군가가 있었으면 좋겠다고 생각했다. 더 이상 흘러가는 세월을 혼자서 두려워하고 싶지 않았다. 지독한 지루함도. 희미해지는 사랑도.

나는 끝까지 이어지는 지독한 사랑 이야기를 원한다. 필레몬과 바우키스처럼 우리가 함께 늙어가고 한날한시에 죽어 그들처럼 나무가 될 수 있을 거라 믿고 싶다.

'단 하나의' 나무.

잠시 뒤, 그 사람에게 좋다고 말해야지. 날 훔쳐서 소중히 간직해 달라고 말해야지. 잠시 뒤, 돌이킬 수 없는 것들을 얘기해야지.

*

날안아줘요괜찮냐고묻지말고그냥가져요마음대로가져요날훔쳐가요전부다당신거예요난모든것이처음이니까가르쳐주고일깨워줘요난너무오래전부터잠들어있어요이제는즐기고웃고울고싶어요당신과함께라면두렵지않아요날더듬는당신의손길이너무좋아요〈메디슨카운티의다리〉에나온로버트킨케이드의손길이떠올라요식사준비를위해야채를씻기시작하던그손길영화관에서눈물이흘렀어요순간망설임속에서도욕망이솟구쳐올랐어요거칠게다뤄주길원했어요그래요당신께나의가장아름다운순간을바칠게요당신이름이로버트라고날가질거라고말해줘요.

*

"내 이름은 로베르*예요."

당신을 사랑해요. 하지만 그 말은 하지 않고 그저 이렇게 대답했다.

"반가워요."

*

오후가 되어 나는 웨스트민스터 호텔 방으로 되돌아가려고 생장 거리를 따라 다시 올라갔다. 그러다가 갑자기 걸음을 멈추고 까치발을 딛고 서서는―이런, 그 사람이 키가 크다는 걸 깜빡 잊었군―, 그 사람에게 키스했다. 전에는 한 번도 해 보지 못한 행동을 과감히 했다. 길 한복판에서, 다른 사람들도 다 있는 곳에서, 열정적인 키스를 했다. 정숙하지 못한 키스. 흔히 볼 수 없는 키스. 첫 키스이자, 가장 의미 있고, 가장 긴밀한, 몸과 마음을 활짝 열어 주는 키스였다.

물론 사람들한테 시답잖은 소리를 들었다. **그 짓은 호텔 가서들 하시지!** 그래서 내가 웃으며 맞받아쳤다. **안 그래도 지금 가는 길이에요!** 그러자 옆에 있던 로베르가 뜨겁고 거칠고 본능적인 욕망에 기대어, 날 자기 쪽으로 더 세게 끌어안았다. 그 순간 나는 우쭐한 기분이

* 영어 이름 '로버트(Robert)'의 프랑스식 발음.

들었다. 세상에 단 하나뿐인 아름다운 여인이 된 것 같았다.

잠시 뒤, 심장을 뛰게 하는 어슴푸레한 조명이 깔린 호텔 방에서 서로에게 흠뻑 빠져들어 우리는 정숙치 못한 행동을 하고, 그 전엔 차마 하지 못했던 노골적인 스킨십도 하고, 온몸이 마비될 정도로 기쁨에 겨워 눈물까지 흘렸다. 그러고는 마지막 말인 듯, 마지막 숨결인 듯, 끝내 내가 그에게 고백했다. 누군가 당장 나를 열렬히 원하기를, 누군가 나를 가지고 또 가지기를, 또 다시 한 남자의 여자가 되기를 바란다고.

*

고마워요고마워요고마워요고마워요고마워요.

*

하늘은 어두워지고 강둑은 사람들로 새까맣게 들어찼다.

모두들 노래 부르고, 마시고, 웃기에 바빴다. 다음 날 숙취로 고생

하고, 환상에서 깨어나 실망할 순간들일랑 전혀 걱정하지 않고 그저 모든 것을 큰 축제처럼 즐기고 있었다.

로베르와 나는 천천히 걸었다. 오후에 보았던 아름다운 노부부처럼 두 손을 마주 잡고. 마주 잡은 두 손이 뜨겁게 타오르고 몸속을 흐르는 피는 끈끈한 느낌이 들었다. 기쁨에 겨워 요동치고 채워도 채워지지 않는 강물처럼.

저 멀리 요란하게 울리는 바다는 꼭 어두운 곳에 숨어 먹잇감을 기다리고 있는 굶주린 야수 같았다. 해변에는 아이들도 보였다. 남자아이들은 모래사장 위에서 조금은 과장된 웃음소리를 내며 엄마와 함께 춤을 추고, 여자아이들은 자기가 아주 매력적이고 세련된 여인이라도 된 것처럼, 이미 어른이라도 된 것처럼 행동하며 아빠와 함께 춤을 춘다.

위쪽에 노랑, 파랑, 초록, 빨강의 색색 전구를 장식한 대형 무대에서는 오케스트라가 〈오르 세종〉의 첫 소절을 연주하기 시작했다. 몇몇 남자들은 느린 멜로디를 구실 삼아 여자들에게 다가가서는 몸을 맞대고 살갗과 성기를 흥분시키는 전희에 들어갔다. 그러고는 끝내 차갑고 어두운 모래 언덕이나 바닷가 민박집의 눅눅한 방을 찾아가 여인들을 탐하고 잡아먹었다. 우리도 가만히 있지 않았다. 보다 과감히 으스러질 정도로 서로의 손을 붙잡고 예기치 않게 찾아온 뜨거운 사랑에 불타올라 서로의 입술을 탐했다. 둘이 만나기 전 살아온 삶을 모조리 파괴시켜 버릴 정도로 뜨거운 사랑.

저쪽 해변에는 서른다섯 살 정도 돼 보이는 여자가 홀로 서서 담배를 피우고 있었다. 사실 그 여자가 눈에 띈 건 라이터 불꽃 때문이었다. 그녀는 어두운 밤하늘로 날아오르는 담배 연기를 바라보며 연기가 완전히 사라질 때까지 연기에서 시선을 거두지 못했다. 나를 떠난 누군가가 사라지고 난 뒤에도 여전히 그곳을 바라보듯. 그녀는 조금씩 춤을 춰 보려고 하지만 아무래도 고독은 함께 춤추는 파트너로는 마땅치 않아 보였다. 그녀는 평화로움에서 떨어져 나와 불행에 매달려 있었다.

그녀는 이리저리 비틀거리며 점점 바다 쪽으로 멀어져 갔다. 차가운 어둠이 그녀를 삼켜 버릴 때까지.

우리는 임시로 열어 놓은 간이 술집에 들러 와인 두 잔을 샀다. 석류 시럽처럼 질 낮고 묽은 시큼한 포도주였지만 별 상관없었다. 우리 둘은 다른 사람들이 내지르는 시끌벅적한 고함 소리에 묻힌 채 조용히 잔을 부딪쳤다. 나는 뜨겁게 새로 태어난 나 자신을 위해 잔을 높이 들고 지금 이대로 영원하기를, 다시는 모니크의 모습으로 살아갈 날이 없기를 기도했다. 그런데 이승의 바람과 고통을 듣는 신이 하늘에서 응답이라도 보내듯, 내가 북쪽에 있는 아르들로 해변을 향해 잔을 높이 치켜 든 순간, 새까만 밤하늘에 알록달록한 꽃무늬 불꽃이 터지기 시작했다. 우리는 둘만의 세례식을 치렀다. 바다가 반짝이는 조각들과 에메랄드와 루비, 남옥 빛깔의 작은 물방울들을 가로챘고, 마지막까지 조그맣게 남은 불꽃같은 물방울들은 수면에 닿자마자 사라졌다.

옆에 있던 로베르가 웃음을 터뜨렸고 그의 웃음은 내게 더할 수 없는 선물이었다.

*

나중에 그는 자신의 이야기를 들려주었다. 자기도 나처럼 아들이 셋 있다고 했다. 나는 고개를 숙여 슬며시 미소를 지었다. 건축가라고 했다. 아주 오래 전에는 예쁜 집들도 짓고 과감한 디자인도 시도했었는데 점점 조악한 집들을 짓기 시작했다고 했다. 돈은 많이 들이는데 세련미도, 매력도 전혀 느껴지지 않는 그런 집. 그러다가 더 나중에는 그냥 우뚝 솟은 건물들부터 무조건 최대한 많은 사람들이 들어가 살 수 있는 허름한 집, 비용이 적게 드는 판잣집을 짓거나, 타일도 지구 반대편에 있는 듣도 보도 못한 곳에서 만든 것을 사용해서 그 위로 뭐가 떨어지기라도 하면 곧바로 금이 가는 형편없는 수준의 집들만 지었다고 했다. 무조건 빨리 지어야만 했다고, 정치나 선거, 뇌물과 관련된 문제였다고 했다. 그런 일을 하면서 분명 스스로 혐오감이 들었지만 그렇다고 해서 그 일을 당장 그만두고 꿈에 그리던 집을 지을 용기가 없었다고 했다. **그런데 어제부로, 루이즈 당신을 만**

나고 '마호가니'에서 샴페인 잔을 들고 있던 당신을 본 뒤로, 컴퍼스 같은 당신 다리를 본 뒤로, 당신의 목덜미를 본 뒤로, 당신과 나를 위한 집, 우리가 살기 전에 다른 그 누구도 살지 않았고, 사방을 둘러싼 벽이 우리 둘의 이야기와 우리의 숨결만을 기억하고 있는 공간을 지어 보기로 결심했어요. 당신도 좋다면요. 우리 둘이 함께 고른 것들로만 채워질 집이요.

나는 그의 얼굴을 어루만졌고, 나도 모르게 눈물이 흘러내렸다. 화장이 지워져도 어쩔 수 없었다.

"좋아요, 로베르. 나도 바라는 거예요."

확실히 정신이 나간 것 같았다. 그런데 그 사실이 정말 좋았다.

*

순간 하늘에서 굉음이 들리는 바람에 모두 깜짝 놀랐다.

사람들은 춤사위를 멈췄고, 웃음소리도 뚝 끊겼다. 한 아이가 소리를 질렀다.

헬리콥터였다. 그 소리는 전쟁터를 방불케 했다.

모두들 저 멀리 빨간 경광등이 돌아가고 있는 바다 쪽으로 아주 낮게 날아가는 헬리콥터를 얼빠진 모습으로 바라보았다. 헬리콥터가 지나간 자리에 모래바람이 일었고, 고통의 꼬리처럼 길게 장막이 만들어졌다. 헬리콥터는 착륙했다가 몇 분도 채 되지 않아 다시 북쪽을 향해 날아가더니, 어둠 속으로 사라졌다.

세상의 종말이 찾아온 것 같은 침묵이 강둑에 잠시 내려앉았다가, 이내 파티 음악소리가 다시 울려 퍼진다. 웃음소리도, 삶도.

*

미셸 드 노스트르담, 일명 '노스트라다무스'가 틀렸다.

우리 모두를 벌벌 떨게 만들 대왕이 하늘에서 내려오지도, 투케를 파괴하지도 —59년 전에 나치 공군이 폭격했던 것처럼— 않았다.

7월 15일 아침, 우리 두 사람이 처음으로 함께 밤을 보내고 눈뜬 날, 날씨는 눈부시게 화창하고 하늘은 맑았다. 아이들이 벌써 하늘에 커다란 연을 띄워 놓았다. 가오리연부터 방패연, 용 모양의 연도 보였다.

이성을 잃었다가 갑자기 현실과 그대로 마주하는 순간이 얼마나 어색하던지. 생기를 잃은 눈빛과 다크서클, 눈가 주름, 손등에 피기 시작한 검버섯이 낯설었다.

하지만 우리는 서로의 모습이 보기 좋았고, 지금 당신 모습이 보기 좋다고, 서로 말해 주었다.

그런 뒤에 -내가 모니크였던 시절에는 꿈도 꾸지 못했을 일인데- 우리는 함께 목욕을 했다. 55년 인생에 처음으로 남자가 내 머리카락을 감겨 주었고, 등, 배, 성기-잠시 주저하는 모습에 내가 그의 손을 잡아 이끌었다-, 엉덩이, 다리를 씻겨 주었다. 처음 느껴 보는 어지럽고도 강렬한 쾌락이 내 온몸을 뒤덮었다. 그가 내 뺨에 키스를 하는데 그의 뺨에 흘러내리는 눈물이 느껴졌다.

이제 우리는 갈 때까지 간 상태였다.

더 이상 되돌릴 수 없었다.

*

안타깝게도 호텔 방을 2박 일정으로만 예약해 두었고, 그 방은 이미 그날 저녁 다른 사람이 예약해 놓은 상황이었다. 여기저기 알아보니, 투케는 물론이고 아르들로, 심지어 에타플에 있는 호텔까지도 모두 빈 방이 없었다. **부인, 혁명 기념일 주간이지 않습니까. 그야말로 대목이지요.**

로베르와 나는 한 시간 넘게 전화통을 붙들고 전화를 돌린 끝에, 북쪽으로 58킬로미터 떨어진 곳에 있는 위상에 빈 방이 있는 호텔 한

곳을 찾았다. 호텔 드 라 베. 바다가 내려다보이는 멋진 방이 있다고 했다.

우리 둘은 점심 식사를 하고 나서 내 차로 이동했다. 그 사람도 나도 이대로 집으로 돌아가고 싶지 않았다. 조금 더 서로를 누리고, 조금 더 서로를 탐하고, 조금 더 확신을 갖고 싶었다. 서로 사랑하고, 사랑한다 말할 시간, 추억을 만들 시간을.

하지만 그보다 먼저, 그곳에서 우리가 불태운 몸, 풀어놓은 말들과 과감한 행동들, 참을 수 없는 욕망과 쾌락이 완전히 바꿔 놓은 우리의 모습을 우리 인생의 소금과 피로 녹아들도록 해야만 했다. 한낱 꿈처럼 모든 것이 용납되는 한여름 밤의 뜨거운 격정 속에서 산산조각 나지 않도록. 어떻게든 서로에게 서로가 마지막 사람이 되도록 해야만 했다. 그러고 나면…….

그러고 나면 집을 비우고, 추억을 지우고, 건물을 팔고, 새로 집을 하나 짓는 것이다.

그러고 나면, 새로운 인생과 새로운 언어가 펼쳐지고, 절대적이고 영원한 믿음이 따라오는 것이다.

그러고 나면.

*

호텔은 소박하고 정감 가는 분위기였다. 해변에는 사람들이 아주 많았는데 대부분 가족 단위였다. 우리는 어느새 위상에 와 있었다. 한쪽에서는 파리지엥들의 대담한 면모가, 또 다른 쪽에서는 젊은이들의 은밀한 폭력이 느껴졌다. 투케의 분위기와는 영 딴판인 곳이었다. 위상은 두 개의 곶 사이에 놓인 만 중심에 자리 잡은 작은 해안 마을이었다. 그 두 개의 곶이 바로 높이가 45미터에 이르는 그리네곶과 그보다 높은 블랑네곶—130미터—으로, 도저히 헤어 나올 수 없는 사랑의 슬픔을 겪고 나서 찾기에는 아주 이상적인 장소였다. 이곳은 침식 작용이 상당히 거세게 일어나서 매년 연안 지도 모양이 바뀔 정도였다. 바캉스족들은 끝없이 펼쳐진 해변과 산책로, 한적함, 절경을 뽐내는 곳, 석양이 좋아 이곳을 찾았다. 로베르와 나는 지칠 만큼 사랑을 나누려고 이곳을 찾았다.

우리 둘은 사흘 밤낮을 오로지 침대에서 보냈다. 관계를 가지며, 깊은 수렁에서 가까스로 빠져나오는 법도 익히고, 무엇보다 이야기를 아주 많이 나누었다. 우리에 대해. 예전의 삶, 너무 일찍 품을 떠나 버린 자식들과 그 뒤로 이어진 침묵에 대해. 한 번도 이루지 못한 꿈에 대해. 인생을 좀먹은 아주 사소한 공허함에 대해 모두 털어놓았다. 우리 앞에 새롭게 놓인 인생에 대해서도 이야기했다. 아무런 구속 없이, 진지하고 온전한 인생에 대해. 우리 몸이 새롭게 내뱉는 사랑의 언어들을 듣기 위해 한참 동안 입을 꾹 다물고 있기도 했다. 두근두근 뛰는 심장 소리와 호흡, 떨림, 깊은 숨, 심지어 상대방이 잠에 빠진 소리까지.

넷째 날, 우리는 마침내 밖으로 나갔다. 그리네곶에 있는 '라 시렌느-바다를 정면으로 바라보고 있는 레스토랑으로, 1967년 이래 가족이 운영하는 곳-'에 점심 식사를 하러 갔다. 전망이 아주 멋진 곳이었다. 침대에 있던 사흘 동안 로베르와 나는 세상 소식을 전혀 모르고 지냈는데, 레스토랑에 가 보니 사람들이 온통 같은 얘기만 하고 있었다. 그날 아침 남자아이 둘이 조개를 줍다가 작은 궤짝 같은 것을 발견했다고 했다. 50여 미터 떨어진 곳에서 언뜻 보기에는 먼 바다를 지나던 해적선에서 흘러나와 떠내려왔거나, 타이태닉호에서 나왔을 법한 짙은 색 궤짝 같은 것이었다. 두 아이는 가까이 다가갔고 둘 중 한 명이 금단의 과실 위로 넘어지고 말았다. 그런데 그건 보물이 담긴 작은 궤짝이 아니라 오랜 시간 물속에 빠져 있었던 탓에 퉁퉁 불어 터진 늙은 여인의 시체였던 것이다. 황급히 그 죽음에 대해 조사가 이루어졌지만 아무것도 밝혀내지 못했고 -바다는 단서를 찾기 가장 힘든 곳 중 하나다- 결국 경찰은 시체를 과학수사기관으로 보냈다고 했다.

그 뒤로 아직 아무것도 밝혀진 것이 없었다. 아무도 어떻게 된 일인지 영문을 몰랐다. 각자 상상의 나래를 펼쳐 시나리오를 쓰기 시작했다.

하지만 난 정작 내가 언젠가 어떤 식으로 죽을지 궁금했다.

*

식당에 온 다른 손님들처럼 우리도 점심 식사를 '가볍게' 했다.

이 가련한 여인의 사건 탓에 그날은 생선도 다른 해산물도 다 먹을 수가 없는 상황이었다. 식당 주인은 미안해했다. **정 안 되면 생 야채랑 고기라도 내와 보세요. 아, 손님, 어쩌죠, 지금 내드릴 수 있는 건 다 식은 고기랑 치즈뿐이네요. 3개월 동안 맥주에 숙성시킨, 제대로 된 불레트 다베느는 좀 있어요.**

가벼운 점심을 먹고 우리는 널따란 해변을 따라 마지막 산책을 했다. 블랑네곶 쪽으로 난 기다란 산책로였다.

포근한 바람이 일어 우리의 붉은 뺨을 스쳤다. 우리의 얼굴에는 웃음기가 사라졌고, 입맞춤으로 이어지는 깊은 숨도 내뱉지 않았다. 곧 집으로 돌아갈 시간이었지만 우리는 그 순간이 전혀 두렵지 않았다.

오히려 정반대였다.

내가 릴 근처에 있는 집까지 운전해 가면 저녁때쯤 도착하겠지.

남편한테 떠나 달라고, 다시는 돌아오지 말라고 얘기하는 거다. 아무런 설명도 하지 않은 채. 그러면 남편은 내 얼굴과 붉은 광대뼈, 소금기에 떡진 머리카락, 늘 감추고 있던 늘씬한 다리를 차례차례 먼저 살피고는 뒤늦게 내가 사랑에 푹 빠져 있다는 걸, 이제는 다른 남자의 여자라는 걸, 이번이 내게 마지막 기회라는 걸 깨닫겠지. 그러고는 아무것도 박살 내지 않고, 아무런 강요도 하지 않고 조용히 떠나겠지.

사라지겠지.

그러고 나면 나는 내 집에, 내 품 안에, 내 침대에, 내 인생에 로베르를 받아들이면 된다. 남은 생 동안.

그다음 날이 밝으면 아무 생각도 하지 않아야지.

필요 없는 것들을 버려야지.

발 디딜 틈 없이 꽉 찬 추억도.

어쩔 수 없이 했던 거짓말도.

오직 타인을 위해 살았던 낡아 빠지고, 우매하고, 비열했던 인생도.

그리고 내버릴 가구들도 모조리 꺼내 중고로 팔거나 남한테 줘 버려야지.

그런 뒤에 그 사람이 우리 둘만의 집을 그리겠지.

나는 얼굴을 붉히며 아주 큰 침대와 욕조를 부탁했다. 정원도 만들어 달라고 했다. 언젠가 늙어서 함께 채소밭을 가꾸고 싶었던 로망 때문에. 그리고 정확히 엿새 전처럼 나를 영원히 사랑해 달라고 했다. 내 생일 선물로 자기 자신과 과감한 스킨십, 운명 같은 재회의 순간을 선사했던 그날처럼. 늘 빨강 히아신스 다섯 송이를 선물해 달라고도 했고, 영원히 나를 원하고, 항상 갈구하듯 과감히 키스해 달라고도 했다. 그러자 그는 내게 대답했다. **그럴게요, 루이즈. 그럴게요. 당신이 원하는 건 뭐든지 할게요. 뭐든지, 뭐든지.**

그가 한 말은 거짓이 아니었고, 나는 처음으로 그의 눈에서 흘러내리는 눈물의 빛깔을 보았다.

*

릴로 향하는 A25 도로를 달리다가 생텔루아 휴게소에 들러 차에 기름을 가득 채웠다.

다시 출발하려는데 전화벨이 울렸다. 액정 화면에 뜨는 번호를 보고 전화를 받았다. 아들 중 한 명이었다. 아들은 내 안부를 묻더니 생신 축하드린다는 인사를 전했다. 그러면서 생일 당일인 혁명 기념일에 연락하지 못해 죄송하다는 말도 함께 전했다. 14일부터 며칠 동안 아일랜드 서부 연안에 있는 버른에 갔었다고 했다. 일명 '바위 정원'이라고 불리는 그곳은 거대하고 황량한 카르스트 지형으로 이루어진 곳으로, 곳곳에 삼각주와 선사 시대 흔적들은 널려 있는데, 정작 전화기는 없었다고, 심지어 옛날 다이얼식 전화기마저 없었다고 하며, 죄송하다고 했다.

"얘야, 미안해할 필요 없단다. 엄마는 멋진 생일을 보냈어. 고맙구나."

손을 로베르의 무릎에 살며시 올렸다.

“……. 내 생애 최고로 멋진 날……. 응……. 응……. 지금 엄마 옆에 계셔……. 아빠 바꿔 줄게.”

전화기를 남편에게 내밀었다.

“받아 봐요, 브누아예요.”

그렇게 나는 다시 시동을 걸어 기어를 1단에 넣고 우리 둘의 새로운 인생을 향해 달렸다.

우리가 아직
해본 적 없는
사랑

몇 달 전, 친구들이 우리 부부의 금혼식을 기념해 우리 두 사람 이름이 새겨진 은식기 두 벌과 추억이 담긴 사진첩, 당시 인기 남자 가수의 최신 곡 〈오르 세종〉이 담긴 앨범을 선물로 주었다.

앨범의 제목도 마음에 들고 멜로디도 좋았지만 쓸쓸한 노랫말은 썩 마음에 들지 않았다.

길고도 긴 이 길에
바람이 끝없이 부네
잘 알지도 못하는 주소로
누군가 찾아 나서네

분명 우리가 바로 철 지난 존재였겠지.

*

우리는 몇 년 전부터 투케를 다시 찾지 않았다.

그 몇 해 동안 우리는 아팠다. 손가락으로 물건을 집는 감각이 서서히 무뎌지고, 다리 힘도 약해지고, 몸무게도 점점 줄어들어, 어쩌다 예고 없이 거센 바람이 불어오기라도 하면 둘 중 하나는 쉽게 바람에 날려 갈 판이었다.

빛이라곤 보이지 않는 캄캄한 시간을 수년간 보냈다. 배고픔과 공포에 벌벌 떨며, 해변을 걷는 우리를 보고 둘 중 누가 먼저 폭탄을 맞고 쓰러질지 내기하는 젊은 군인들의 걸걸한 웃음소리를 듣기도 했다. 전쟁이 무수히 많은 것들을 앗아 가고 그 어떤 평화도 찾아오지 않을 것 같던 상황 속에서도, 우리는 이곳에서 행복한 추억을 쌓았다.

전쟁 후, 피를 씻어 내고, 끈적끈적한 핏자국을 지우고, 무너진 건물 잔해와 온갖 재앙까지 모두 치우고 나니, 이곳에서 사람들이 다시 말을 타고 산책하고, 보트도 타고, 태평하게 소리도 지르고, 웃기도 했다.

이제 다시 자유의 바람이 거세게 불어와 우리의 기억을 잠재우고 우리 마음속에 있던 모든 두려움을 멀리 실어 갔다.

1949년에 들어설 무렵, 결혼식을 올리고 나서 -웨스트민스터 호텔의 안락한 방에서- 우리 둘만의 대담하고 진중한 밤을 되찾았다.

이제 다시 아침마다 생장 거리에 있는 '사 브뢰' 가게의 부드럽고 달콤한 코코아를 마음껏 마시며 여유로운 아침 식사를 즐길 수 있었다. 코코아를 마실 때면, 춥고 바람 불던 해변에서 우리가 나누었던 입맞춤이 떠올랐다. 한번씩 덩치 큰 갈매기들의 날카로운 울음소리가 요란하게 울려 퍼지고, 한쪽에서는 어디로 튈지 모르는 럭비공처럼 극도로 흥분한 아이들과 지친 엄마들의 모습이 불쑥 나타나던 해변에서의 입맞춤.

이곳에서는 잔뜩 지쳐 보이는 부모들의 모습을 언제든 볼 수 있었다. 유난히 멀리 있는 바다까지 오랜 시간 걷다 지쳤던 걸까. 욕구가 줄어들고 결국 세상만사가 허무해지고 마는 시절이라 그랬던 건 아닐까.

반면 아이들은 안달이 나서는 고함을 지르고 거대한 바위처럼 무거워 보이는 부모의 몸을 있는 힘껏 밀어 댔다. 아이들은 자신들도 모르게 초조함이 가지고 있는 폭력성을 일찍이 경험하고 말았던 것 같다.

이곳은 밤이 되면 바닷물이 빠진다. 달빛이 반짝이며 지금 우리의 늙은 얼굴에 난 주름과 꼭 같아 보이는 지친 물결을 접어 올린다. 우리의 지친 인생을 보여주는 주름. 50년 전만 해도 우리 얼굴에는 얇고 가벼운 면사포가 드리워져 있었는데 말이다. 우리는 면사포가 바람에 흩날리도록 가만히 두고 서로에게 수줍으면서도 갈망하는 모습을 보여 줬었다.

우리 둘은 56년 전 어느 여름, 이곳으로부터 수킬로미터 떨어진 곳에서 만났다.

우리 둘은 소란스러운 세상 위, 살갗이 타는 역겨운 냄새를 타고 여기저기서 밀려오는 불안감 속에서, 우리에게도 과연 인간적인 시대나 격정의 시절이 올 수 있을지 알지도 못한 채 만났다.

그때 우리는 열아홉 살과 스무 살이었다.

*

전기가 다시 들어왔다.

제대로 된 빵을 다시 먹게 되었다. 효모도 들어가지 않은 빵 같지도 않은 빵 말고. 군데군데 있던 작은 정원을 채소밭으로 가꿔, 감자와 파, 당근, 양배추, 순무, 돼지감자를 거둬들였다. 전난분으로 오믈렛도 만들어 먹었고 인근 마을에서 창자와 순대도 다시 들여왔다. 그래도 여전히 부족한 게 많았다. 커피나 숯 조각 같은 것들 말이다.

그래서 숯가루를 질찰흙에 섞어 불을 피워서 숯 사용량을 아꼈다.

커피는 배급을 받아 마셨는데 맛이 영 별로였다. 그래서 어떤 사람들은 커피를 구하러 벨기에로 갔다가 담배와 선라이트표 비누를 외투 안감에 숨겨 가지고 돌아오기도 했다.

독일인 4만 명이 이곳에 거주했다. 그들은 인근 별장과 호텔을 닥치는 대로 모조리 약탈하고, 대형 호텔 아틀랑틱을 무너뜨려 나온 건물 자재를 토트 조직에서 사용할 수 있게 독일로 보낸 뒤에야 우리를 내버려 뒀다. 그리고 그때부터 혹시라도 쳐들어올지 모를 연합군을 막기 위해 성벽을 높이 쌓느라 바빴다. 조금 떨어진 르 아브르에는 독일 해군이 중포대를 설치했고 무시무시한 로켓 V1과 V2가 등장했다. 어린 시절, 우리가 하늘에 떠 있는 별을 바라보며 수시로 꿈을 꾸고 구슬 놀이를 하면서 작은 구덩이를 무수히 팠던 모래 언덕에는 이제 독일군이 구축해 놓은 벙커와 곳곳에 심어 놓은 지뢰들만 즐비했다. 해변에는 글라이더와 낙하산이 착지하지 못하도록 독일 육군 원수 롬멜이 세운 말뚝들이 우뚝우뚝 솟아 있었고, 우리 마음속에 품고 있던 자유를 향한 꿈은 그 위로 떨어져 산산조각이 났다. 우리의 유년 시절은 이미 폐허가 되었고 이제는 그 어떤 아름다움도 남아 있지 않았다. 남은 거라곤 무력함과 수치심, 쓸모없는 분노뿐이었다.

학교도 갈 수 없었고 허약한 부인들과 그녀들의 남편들 사이에서 일해야만 했다. 주로 중상자와 발진 티푸스 환자, 이질균 감염 환자, 분노 조절이 안 되는 사람들이었다. 우리 중 한 명은 수녀들과 함께 퀴크 병원에서, 다른 한 명은 마레 호텔에서 일했다.

한 명은 시체를 깨끗이 닦는 일을 했고 다른 한 명은 사람들이 더럽혀 놓고 간 자리를 깨끗이 닦는 일을 했다.

양쪽 모두 부모님이 돌아가셨다. 한쪽 부모님은 3년 전, 독일군이 처음으로 비행장을 폭격했을 때 돌아가셨다. 다른 한쪽은 어머니가 출산 중에 세상을 떠나셨고, 아버지는 레지스탕스 운동에 참여했었는데 그 뒤로는 아무도, 심지어 훗날 역사책에서도 그의 소식을 들을 수 없었다.

우리는 그렇게 고아가 되었다.

우리가 처한 비참한 현실이 서로를 끌리게 만들었다. 첫눈에 불꽃이 튀지도, 심장이 벌렁거리지도, 책 속의 로맨틱한 대사 같은 것도 없었고, 오직 눈빛만 주고받았다. 필사적인 눈빛. 우리는 서로의 눈빛에 매달렸다.

그날 오후, 캉슈 하구 근처에 폭발이 일어났다.

그곳엔 백 명 정도 되는 사람들이 있었다. 우리는 코르니슈 해변 쪽으로 마구 뛰었다. 독일군들이 소리쳤다. **지뢰다! 지뢰다!**

한 남자의 몸이 공중으로 날아올랐다. 양손이 절단되고, 잘린 손에 붙은 손가락들은 자줏빛 붓이 움직이듯 핏빛 곡선을 우아하게 그리며 잠시 파닥이다가, 총 맞은 새끼 새처럼 그대로 추락해 둔탁한 소리를 내며 으스러졌다.

우리 둘은 두려움에 휩싸인 채 나란히 달리다가 바로 가까이서 폭격 소리가 들리는 순간, 서로를 부둥켜안고 모래로 뛰어들었다. 그 순간 더 이상 공기도, 몸통도, 살갗도, 무게도 없는 것 같은 기분이 들었다.

그래서 우리 둘, 로즈와 피에르는 서로가 누구인지 알지도 못하면서 그 자리에서 목숨을 걸고 약속을 했다. 결혼을 하기로.

우리가 이 전쟁통에서 함께 살아남는다면, 언젠가 죽을 때도 함께 죽자고.

*

그날이 왔다.

*

투케는 폐허가 되었다.

1944년 9월 4일, 마침내 캐나다군이 버려져 텅 빈 도시를 교전 없이 해방시켰다. 수치심과 분노가 끓어오르던 도시였다. 우리는 그보다 몇 주 먼저 피란을 갔고, 어수선한 상황에서 서로를 잃어버리고 말았다.

우리는 거의 4년 가까이 서로에 대한 소식도 모른 채 지냈다.

답답한 마음에 상대방에게 전해지지도 못할 편지를 여러 통 썼다. 함께 보낸 추억을 떠올리며, 가끔 저녁때 만나 레모네이드를 마시거나 모래 언덕을 산책하면서 언급했던 도시들의 우체국으로 편지를 보내 봤지만 모두 헛수고였다. 한 명이 태어난 곳이라 했던 아라스, 고모가 사는 곳이라 했던 바폼. 또 나머지 한 명이 전쟁이 나기 전에 여름휴가지로 종종 찾은 곳이라 했던 니스, 이즈, 방스, 빌프랑슈쉬르 메르. 이곳들은 주로 사람들의 분노가 감돌기보다는 그저 비겁함만 남아 있는 곳이었다*.

그렇게 우리는 저녁때 만나면 다음 날을 미리 생각하지 않고, 미래 시제도 쓰지 않고, 그저 천천히 서로 알아가는 법을 익혔다. 우리는 바라는 것 하나 없이 그저 서로에게 자신을 내맡겼다.

독일군들이 투케 땅에 심어 놓은 9만 2천747개의 지뢰와 폭약을 지뢰 제거반이 모두 처리하는 데에만 꼬박 3년이 걸렸다. 오죽하면 투케가 프랑스에서 가장 지뢰가 많은 곳에 이름을 올렸을까. 그러다가 푸제 박사의 지시로 도시의 잔해를 말끔히 씻어 냈고, 사회악을 밀어내고, 상처도 희미해졌다. 다시 그 자리에 도시를 세우고, 공항도 더 넓게 지었다. 웃음소리가 조심스레 다시 들리기 시작했고, 저

* 2차 대전 당시 남부 프랑스는 독일군에 저항하지 않고 일찌감치 항복했음.

녘이면 카페테라스에서 폭소가 들려오기도 했다. 전염성 띤 웃음이었다.

우리는 피란한 지 4년 만에 생명이 꽃피기 시작한 이 도시에서 다시 만났다.

1948년 9월 20일 월요일.

기온이 겨우 7도 밖에 되지 않던 추운 날씨였다. 우리는 런던 거리와 평화 거리가 만나는 모퉁이에서 우연히 마주쳤다. 거리 이름부터 시작해 모든 상황들이 로맨틱코미디 영화에나 나올 법한 운명적인 만남 같았다. 바람에 머리카락이 날리면서 잠깐 두 눈을 가렸다. 어린아이들이 상대방 눈을 가리고 '누구게?' 하고 묻는 놀이처럼. 우리는 곧바로 서로를 알아보았다.

4년이라는 세월이 흘렀지만 우리의 모습은 그대로였다. 둘 중 누구도 쉽사리 입을 떼지 못했다. 쉽사리 미소 짓지도 못했다. 잠깐 동안 두렵고도 불확실한 생각이 스쳤다. 얼른 눈으로 여러 표지를 훑어냈다. 약지에 낀 결혼반지는 없는지, 커다란 외투 뒤로 어린아이가 숨어 있지는 않은지, '엄마!' 하고 외치는 소리가 들리진 않는지, 다른 남자나 여자가 빵과 신문, 꽃다발을 들고 그 사람에게 오고 있진 않는지. 현재 진행 중인 인생이 있는지 없는지 확인했다.

그런 뒤에야 우리 둘은 양팔을 벌렸다.

우리는 전쟁의 마지막 2년을 함께 겪었고, 4년 동안 서로 만나지 못했지만 서로를 기다리고 있었다.

아무에게도 선택받지 못한 이 세상 대부분의 사람들처럼.

우리의 입술이 떨렸다. 우리의 첫 키스는 진짜 첫 키스처럼 서툴렀다. 우리 둘은 웃고 또 울었다. 다시 만난 생존자들이었다. 그 순간 우리는 감히 내일을 믿고 싶었다. 다가오는 모든 시간을 믿고 싶었다.

그렇게 우리는 둘이 아닌 하나가 되었다. 영원히.

*

오늘 투케 강둑에는 사람들이 바글바글하다.

자전거와 스케이트보드-최근에 새로 알게 된 단어인데, 맞춤법이 이게 맞는 건지 잘 모르겠다-, 관광용 네발자전거, 킥보드가 줄지어 다닌다. 가족 단위의 관광객들이 바람막이용 텐트를 쳐 놓고 소풍을 즐기고 있는 모습도 보였다. 앙리 카르티에 브레송이 마른 강가나 디에프 해변을 배경으로 찍은 사진 속 가족들과 닮은 모습이었다. 햇볕에 피부가 그을린 아이들이 아빠나 엄마에게 가서 캐러멜 입힌 사과 사탕이나 초콜릿이 줄줄 흐르는 와플을 사 달라고 조르는 모습도 보였다.

우리 두 사람한테는 여름 간식이라고 하면, 짭짤한 비스킷과 레모네이드, 가끔 막대 캐러멜 사탕을 먹는 게 전부였다. 아버지들은 전쟁터에 나가 계셨고, 어머니들은 전쟁터에서 팔이나 한쪽 눈, 턱 혹은 이성을 잃거나 그것도 아니면 한꺼번에 모든 것을 잃고 돌아온 남편들을 챙기느라 바빴다.

해변에는 꼭 번데기가 허물을 벗듯, 수줍음을 띠고 천천히 수영복으로 갈아입는 사람들이 있는가 하면, 또 한쪽에서는 과감한 노출 복장으로 당당하게 날아오르며 비치발리볼을 즐기는 사람들도 있었다. 태닝 오일과 독한 담배 냄새, 바닷물의 짠내, 폐사한 조개들 냄새가 뒤섞여 머리가 핑 돌았다.

루이종 보베 거리와 이어지는 지점에서 약간 떨어진 곳에, 지쳐 보이는 한 젊은 여인이 라이너 마리아 릴케의《젊은 시인에게 보내는 편지》를 읽고 있었다. 안색이 너무 창백해서 꼭 아픈 사람 같았다. 발자크의 소설 속에서 폐병에 걸려 죽고 마는《골짜기의 백합》의 여주인공 마들렌이 실존한다면 그런 모습이지 않았을까. 그녀 바로 옆에는 한 남자가 파란 천으로 된 작은 캠핑용 의자에 앉아 멍하니 바다만 바라보고 있었다. 남자 나이가 우리의 딱 절반 정도 같았는데, 얼굴은 이미 삭아 보였다.

해변의 구석진 이곳은 우리 두 사람이 좋아하는 자리이다. 20년 동안 매년 여름마다 이곳을 찾았다. 지역의 자랑거리인 해수요법 치료센터를 지어 올리는 모습도 직접 보고, 아이들이 모래 놀이와 해수욕, 해적 놀이를 하는 모습도 보았다. 또 이미 아가씨처럼 보이는 여자아이들한테 허세 부리는 남자아이들도 보았다. 우리는 이런 시간이 좋았다. 매번 반복되는 그 시간이 갖고 있는 편안함과 안정감이 좋았다. 우리 딸 잔도 여름이면 이곳에서 규칙적으로 들려오는 파도 소리를, 아주 먼 데서 물이 빠지며 바다가 들려주는 소리를 듣고 자랐다. 물이 빠질 때마다 꼭 어딘가로 사라져 버릴 것만 같은 그 바다에서.

오늘은 우리가 사라지러 왔다.

해변에 큰 수건을 펼쳤다. 예전에는 이런 것쯤은 아주 가볍고 사뿐히 펼쳤는데 어째서 이리도 힘겨운 일이 되어 버렸는지. 바람도 세게 불고 우리 팔도 굳은 탓에 이제는 수건 하나 펼치는 데도 둘이 힘을 합쳐야만 했다. 언제나처럼 웃음이 났다.

늙은이 둘이 힘겹게 수건을 펼치는 모습에 미소 짓는 사람들도 있었다.

방금 모래 언덕을 지나 이곳에 오는 길에, 어린 커플과 우연히 마주쳤다. 여자아이는 이제 겨우 열세 살, 남자아이는 열다섯 살 정도로밖에 보이지 않았다. 둘은 모래 위에 그대로 누워, 미래를 읽어 보기라도 하려는 듯 하늘을 바라보고 있었다. 다가올 세상의 종말에 관해, 사랑에 빠지는 것에 관해 얘기하고 있었다. 그리고 세상의 종말이 오기 바로 직전에 키스에 관해 얘기하고 있었다.

둘은 언뜻 보기에도 선남선녀였다. 남자아이가 여자아이한테 '승리'를 얘기했다. 그들은 둘만의 풋풋한 말을 주고받고 있었다. 우리가 전쟁의 굉음 때문에 단 한 번도 서로에게 하지 못했던 말들이었다. 어느 순간 둘은 입맞춤을 했다. 아주 짧게. 새끼 동물 두 마리가 서로 부딪치듯이. 그러다가 여자아이가 굽은 허리로 천천히 걷고 있는 우리를 보고는 미소를 지어 보였다. 우울함에 휩싸인 듯 보이는 남자아이의 입술이 매력적이었다. 갑자기 남자아이가 진지한 표정을 지었다.

둘은 또 다른 전쟁을 치르고 있었다.

욕망의 전쟁. 불안의 전쟁.

*

우리는 1948년 11월, 재회하고 두 달 뒤에 결혼했다.

혼인 신고에 필요한 증명서를 준비하는 일 때문에 꽤 애를 먹었다. 레지스탕스 운동에 참여했다가 그 뒤로 아무런 소식이 없는 장인어른의 신원이 여전히 불분명했기 때문이었다. 결국 아버님을 실종 신고하기로 결론을 내렸다. 서류에는 '종적을 잃음'이란 말로 처리됐다. 누군가 그 사람을 어디론가 데려간 것처럼. 사람들이 사라지는 곳. 뼈도, 재도 남지 않는 곳. 행정적 처리는 냉정했다. 우리는 고아였고, 이제 둘이 결혼해서 가정을 꾸릴 차례였다.

결혼식은 간소하게 치렀다. 교회 앞 광장에 기다란 상만 하나 펼쳐 놓았다. 그 위에 하얀 식탁보를 깔고 첫날밤을 위한 침대 시트를 준비한 게 전부였다. 퀴크 병원에 있는 수녀님들이 케이크를, 신부님이 좋은 술 몇 병 가져 오신 것만 가지고 결혼식을 즐겼다. 시청 직원인 마르셀이 크리스마스를 연상시키는 빨간 크루치아넬리 아코디언을 꺼내 축하 연주를 했고, 한 여인이 피아프 노래로 멋지게 축가를 불렀다. 5월의 향기를 품고 있던 11월이었다. 자유의 바람이 불어 왔다. 그 바람이 우리에겐 커다란 결혼 선물이었다.

우리는 발랑시엔에 신혼살림을 꾸렸다. 둘 다 그곳에 있는 대형 가게 마스코에 일자리를 얻었다. 마스코는 옷감부터 바느질 재료, 옷본, 실내 장식용 천, 벽지, 침대 커버 같은 것을 파는 곳이었다. 그때에는 잿더미와 번쩍거리는 불꽃, 눈물로 얼룩진 시절을 겪고 난 뒤라 다시 바느질하고, 고치고, 기울 게 아주 많았다. 옷, 살갗, 마음과 같은 것들.

도시와 가게들도 이미 폭격을 맞은 상태였고, 다시 자리를 잡아가는 과정은 더디고 고통스러웠지만 그래도 꽃도 다시 피어나고 사람들의 꿈도 계속 다시 자라났다.

한쪽은 판매원 일을, 다른 한쪽은 기성복 수선하는 일을 했다.

가게 분위기는 아주 따뜻했다. 모든 직원들이 상냥한 성격이었다. 게다가 가게 사장의 너그러운 마음까지 더해져 서로 이야기가 잘 통했다.

우리는 밀롬 거리의 쓸쓸한 작은 정원이 달린 코딱지만 한 집에서 살았다. 정원에 양배추와 파스닙, 돼지감자, 토마토, 무를 심었다. 그 해 영화 〈밤비〉가 개봉했다. 그 영화는 미국에서 건너 온 마법으로 우리를 꿈꾸게 해 주려고 애를 썼다. 하지만 결국 우리의 인생은 앙리 드쿠앙이나 쥘리앵 뒤비비에의 영화와 훨씬 더 닮은 모습이었을 것이다. 은밀히 내재된 심각함과 사람을 냉혹하게 만드는 슬픔, 여전히 듣기 힘든 약간의 웃음소리, 무엇보다 완전히 떨쳐 버리지 못했던 두려움까지. 우리의 인생은 여전히 수치심에 찌들어 있었고, 지워지지 않는 상처를 지니고 있었다. 우리는 꽤 오랜 시간 동안, 혁명 기념일의 불꽃놀이나 자동차 머플러에서 나는 굉음만 들어도 깜짝 놀라 서로를 끌어안았다. 하지만 우리의 눈물은 항상 웃음으로 끝났다. 어쨌든 우리는 여전히 살아 있었고 함께였으니까.

마스코 가게는 장사가 잘 됐다. 가끔 멀리서도 일부러 손님들이 찾아와 물건을 한 아름 안고 눈을 반짝이며 되돌아갔다. 1950년 9월, 가게 사장이 신문 기사로 배운, '미국식 세일' 행사를 열었다. 미국식 세일은 시간이 지나면서 조금씩 가격을 낮추는 방식인데, 그렇다 보니 고객들은 행복한 딜레마에 빠졌다. 조금 더 기다리면 물건 가격이 더 내려갈 걸 알면서도 그때 되면 물건이 이미 팔리고 없을 수도 있기 때문에 당장 살까 말까 하는 고민에 빠지게 되는 것이다. 이 행사 때문에 여기저기서 잔뜩 흥분한 고함 소리도 들리고, 도박장 같은 유쾌한 난장판이 벌어지기도 했다. 세일 기간 동안에는 -장사가 대대적으로 성공을 거두었다- 저녁에 가게 문을 닫고 나면, 사장이 직원들 모두를 '비외 마누아르'로 초대했고, 안주인인 프티 부인이 삶은 말고기와 ―말고기는 플리송에서 가져 온 것이었는데, 그곳은 독설가들이 아무 말도 못하게 사육하는 말에 끈을 매달아 끌고 다니며 사람들한테 자기 집 말고기가 늙은 말이 아니라 보이다시피 어린놈한테서 나온 거라는 사실을 광고하고 다니는 곳이었다― 베이컨이 있는 듯 없는 듯 들어간 으깬 감자를 같이 내왔다. 음식이 하나같이 별로였지만, 피처럼 진한 와인 덕분에 그 모든 단점이 가려졌다. 우리는 그 사이에 끼여 있는 게 즐거웠다. 웃음소리도 되찾았다.

우리는 그다음 해 크리스마스에 월급을 두 배로 받았고, 그 덕분에 작은 방이 하나 더 달린 좀 더 큰 집으로 이사를 했다.

작은 방은 처음에 요람을 놓고, 몇 달 뒤 유아용 침대를 놓기에 딱 맞는 크기라는 생각이 들었다.

*

잔은 그로부터 4년 뒤, 1955년 초여름에 태어났다. 알랭 레네의 영화 〈밤과 안개〉와 샤넬 2.25백―로즈가 자신이 메고 있는 모습을 오랫동안 꿈꿔 온 바로 그 핸드백―이 나온 해였다.

잔은 인형같이 예쁜 아기는 아니었다. 적어도 갓난아기였을 때에는 그랬다. 그래도 잔은 우리 두 사람에게 커다란 희망이었고, 전쟁의 아픔과 영혼의 고통이 없는 지금 이 세상의 삶과 같은 존재였다. 순산이었다. 한 시간도 채 걸리지 않아 기쁨의 환호 속에 세상 밖으로 나왔다.

잔이 태어난 지 아흐렛날, 잔과 집으로 돌아오자 가게 친구들 몇몇과 이웃 두 명이 프로방스산 부드러운 와인과 과일, 장미 묘목을 들고 우리를 기다리고 있었다. 사실 우리는 아내의 이름과 같은 장미나무 심기를 오랫동안 간절히 바라왔었다.

기분 좋게 사람들과 술을 마시고 정원에 장미 묘목을 심었다. 꽃잎에 보랏빛 음영이 들어간 다홍빛의 로사 첸티폴리아와 연분홍빛이 감도는 우아한 흰색의 마담 알프레드 드 루즈몽이었다.

잔의 탄생과 함께 우리의 삶처럼 정원도 여러 가지 빛깔을 되찾기 시작했다.

그 자리에서 피크닉 느낌을 냈다. 가지째 요리한 토마토와 넉넉하게 소금을 뿌린 알이 굵은 래디시를 먹고는, 와인 몇 병과 호밀빵, 소시지까지 더 가져와 먹었다. 우리는 전쟁을 겪은 뒤 처음으로 딴 생각 하나 없이 두려움 따윈 잊고 마음껏 웃었다. 잔과 함께 인생이 자라났다. 잔의 볼처럼, 장미처럼 발그레한 장밋빛 인생이었다.

1955년 여름은 눈부시게 아름다웠다. 우리는 샤를 트레네와 코라 보케르, 프랑시스 르마르크, 조르주 브라상 노래를 흥얼거렸고, 가게 사장이 여름휴가도 며칠 주었다. 그래서 우리는 이번 여름에는 투케에 다시 가 보기로 했다. -7년 전 그곳에서 다시 만난 뒤로 처음이었다- 그땐 자식이 예뻐서 어쩔 줄 몰라 하면서도 아직은 미숙한 초보 부모였다. 훗날 우리가 젊은 부모들을 보며 놀려 댔던 그 모습이었다. 바람이 잔느의 눈을 찌르는 건 아닌지, 햇볕에 타는 건 아닌지, 탈수 현상이 오는 건 아닌지, 가까이에서 윙윙거리는 말벌에 쏘이는 건 아닌지, 걱정거리가 한두 가지가 아니었다. 하지만 우리에겐 우리가 슬프거나 그저 지쳤을 때, 부모가 되는 법을 가르쳐 주고, 우리를 위로해 주고 보듬어 줄 어머니가 곁에 없었다.

우리는 딸과 함께 성장해 갔다. 따지고 보면, 딸이 우리를 보살펴 준 걸지도 모른다.

2년 뒤, 잔에게는 딱 34시간 동안만 남동생이 있었다.

*

우리 근처에서 어느 부인이 졸고 있었다.

손에 들고 있던 책이 스르르 미끄러져 내리고, 바람이 불어와 책장이 넘어가는 모습이 꼭 배추흰나비가 커다란 날개를 팔랑거리는 것 같았다.

저 멀리, 우리 뒤편 모래 언덕 쪽에서 아까 그 여자아이가 혼자 모습을 불쑥 드러냈다. 얼굴 표정을 구긴 모습에서 벌써 여인의 향기가 조금씩 뿜어져 나왔다. 잠시 뒤, 남자아이가 뒤따라 달려오더니 그녀 앞에 섰다.

둘은 가만히 멈춰 서 있었다.

두 사람은 힘겨운 말들, 사랑의 말들, 요컨대 어른들의 말을 내뱉고 있는 것 같았다. 여자 쪽에서 내뱉은 짧은 말이 바람에 실려 왔다. **사랑한다는 건, 그 사람을 위해 죽을 수도 있는 거잖아.** 그 말을 들은 우리 둘은 뭉클한 눈빛으로 서로를 바라보았다. 꼭 50년도 넘게 지난 옛 시절 우리 둘의 모습을 보는 것 같았다. 두려움 속에서 서로를 꼭 껴안고, 날아드는 총알을 피하려고 모래 구덩이 속에 숨어, 서로에게 영원을 약속했던 그때 우리 둘의 모습. 하지만 우리가 주고받은 말들은 달랐다.

잠시 뒤, 두 사람은 헤어졌다. 아니, 찢어졌다. 여자아이는 부모님이 있는 노란 파라솔 아래로 되돌아가고, 남자아이는 강둑 방향으로, 시끌벅적한 도시를 향해, 또 다른 상처를 향해 멀어져 갔다.

여자아이가 부모님한테서 멀찍이 떨어진 곳에 와 앉으니, 그녀의 엄마가 루이는 어디 갔냐고 물었다. 그러자 여자아이는 바람결에 모래를 실어 보냈다. 마치 그게 누군가를 위해 죽을 수도 있는 사랑의 잿더미인 것처럼. 그녀는 어깨를 한 번 으쓱하더니 중얼거렸다. **사랑에 빠졌어요. 그런데?** 엄마가 물었다. 여자아이가 입을 꾹 다물고 있었다. **빅투아르?** 엄마가 되물었다. 그러자 '승리'라는 뜻의 멋진 이름을 가진 여자아이가 슬픔을 머금은 목소리로 대답했다. **저는 아녜요.** 그러고는 벌떡 일어서서 멀리 바다를 향해 달려갔다. 우리는 여자아이가 달려가는 모습을 계속 바라보았다. 긴 다리로 성큼성큼 빨리 달리는 모습은 꼭 그녀가 곧 하늘로 날아갈 것처럼 보였다. 우아한 몸짓의 한 마리 홍학처럼. 그녀가 물속으로 달려드는 순간, 물보라가 일며 꽃다발 모양을 만들어 냈고, 그녀는 그 사이에 든 예쁜 꽃 같았다. 그러다가 어느 순간 우리 시야에서 그녀가 사라졌다. 또 다른 사랑꾼한테 붙잡혀 간 거겠지.

우리 둘은 서로의 손을 마주 잡았다. 뻣뻣하게 굳고 무뎌진 손가락을 서로 매만지고, 그러는 사이에 반지가 서로 얽혔다. 우리는 다리에 힘이 빠져 이제 그 어린 소녀처럼 바다를 향해 달려갈 수는 없지만, 마음만큼은 바다 끝까지 달려가고 있었다.

*

우리는 우리의 사랑에 관해 단 한 번도 얘기해 본 적이 없었다.

우리에겐 그저 그 모진 전쟁통에서 살아남고, 그곳에서 벗어나 서로 다시 만난 것 자체가 기적 같은 일이었다. 그것이 어쩌면 우리의 사랑을 달리 말해 주는 이야기가 아니었을까. 1943년 그날, 투케의 피로 물든 모래 위에서 벌벌 떨며 약속을 한 뒤로, 우리는 사라져 버릴지도 모르는 모든 것이 두려웠고, 사랑을 속삭이는 말이 이 세상에서 가장 덧없이 사라지는 것이라 생각했다.

그래도 분명 우리는 서로를 사랑했다.

우리는 침묵 속에서 행간을 읽어 내고 서로의 눈빛과 아주 사소한 몸짓을 주고받으며 사랑을 나누었다.

서로를 다시 만난 후에는 고귀한 행복을 즐기며 사랑을 나누었다.

강둑 위를 발맞춰 걷고, 예쁜 것들을 바라보며 사랑을 나누었다.

그 순간을 애써 간직하려 하지 않고, 그저 영원하다 느껴지는 그 순간 말고는 어떤 것도 바라지 않고, 매 순간 사랑을 나누었다.

그 시절, 사랑을 속삭이는 말로는 아무것도 구하지 못했다. 결코 총탄 소리와 공포에 울부짖는 소리, 고통이 뒤섞인 소리를 잠재우지 못했다. 사랑의 속삭임이란 격동과 파란을 겪어 보지 못한 사람들이나 누릴 수 있는 말이었다. 세상은 미래를 약속하는 말들로 가득했다. 하지만 우리에겐 그런 말들이 더 비집고 들어올 자리가 없었다. 그저 계속 함께 있어 왔고, 앞으로도 근심과 믿음, 소박한 희망을 안고 함께 인생을 살아가는 게 사랑의 전부였다.

그게 바로 우리가 사랑을 부르는 방식이었다. '침묵 속에서' 나누는 사랑. 그런 사랑 덕분에 우리는 둘째 아이가 세상에 태어난 지 34시간 만에 다시 세상을 등졌을 때에도 울부짖지 않고, 벽에 머리를 처박지 않고, 살갗과 눈과 심장을 뜯어내지 않고 버틸 수 있었다. 매우 조심스레, '침묵 속에서'.

그때 우리는 이름도 한 번 부르지 못하고 아이를 떠나보냈다.

나중에 새로 아이를 가져 보려 했지만 마음처럼 되지 않았다. 이미 우리 둘의 몸은 나이가 들어서 질기고 생식력 없는, 창피하고 모욕적인 상태가 된 뒤였다.

*

1959년 9월 26일, 잔이 네 살 때, 새로 지어 올린 발랑시엔 시청 개관식에 간 적이 있었다. 행사에 참석하는 드골 장군에게 꽃다발을 전달하는 어린이로 잔이 뽑힌 것이었다. 시청 건물은 1940년에 불탔는데, 기적적으로 장엄한 모습을 뽐내는 건물 정면만은 무너지지 않았다. 카르포가 조각한 박공과 종은 무너져 내렸지만 다행히 다친 사람은 아무도 없었다. 재건부에서 건물 정면을 원래 모습 그대로 복원하기로 결정했고, 뒤편으로는 현대식 건물을 새로 지어 올리기로 했다.

잔은 매력적인 아이였다. 갓 태어났을 때의 수수한 모습은 점점 사라졌다. 우리는 입버릇처럼 아이 얼굴에 묻어 있던 어두운 시절의 잿더미가 이제 날아간 것 같다고 말했다. 마침내 평화로운 모습을 되찾은 세상의 얼굴처럼. 잔은 분홍빛 장미 꽃다발을 들고 있었다. 우리 집 정원에 있던 고대 장미들로 예쁘게 만든 꽃다발이었다. 다마스부터 앙팡 오를레앙, 마레샬 다부를 섞어 만들었다. 왜냐하면 분홍색이 '기쁨'을 뜻하는 색이고, 폐허였던 도시가 다시 자기 모습을 갖춘다는 건 늘 기쁜 순간이니까. 행사가 시작되고 아이들이 드골 장군에게 꽃다발을 내밀었는데, 장군이 바로 잔의 꽃다발을 골라잡았다.

우리 인생을 바꾸는 선택이었다.

*

쥘 베른이 꿈을 꾼 지 140년이 지나고, 틴틴이 모험을 떠난 지 19년이 지난 그해, 미국인 두 명이 최초로 달에 착륙했다.

우리는 7월 21일 밤, 리옹 근교에 있는 우리 집 정원에 나와 밤새 달을 관찰했다. 집에는 아직 TV가 없었고, 성능이 형편없는 쌍안경뿐이었다. 잔은 달 위를 걷는 사람도, 불빛을 반짝이며 날아가는 로켓도 보이지 않자 실망했고, 결국 아무리 애를 써도 보이지 않는 세계적인 이벤트 광경을 기다리다 지쳐 우리 둘 사이에서 잠이 들고 말았다. 그때 잔 나이가 열네 살이었다. 자랑하려는 건 아니지만, 늘씬하고 창백한 피부에 예쁘장하게 생긴 외모 때문에 길거리를 다니면 남자아이들이 힐끗힐끗 잔을 쳐다보는 시선이 종종 느껴졌다. 잔은 성격이 순하고, 사랑스럽고, 가끔은 재미있는 아이였다. 우리 둘의 좋은 점만 모아 놓았다고나 할까.

잔이 궁금해하면 전쟁을 겪었던 우리의 어린 시절에 대한 이야기를 들려주기도 했다. 잔이 물어 보면 우리가 어떻게 만났는지도 이야기해 주었다. 아빠와 엄마는 소설책에서처럼 첫눈에 반한 사이가 아니었다고 말해 주었더니, 잔이 토끼 눈을 하고 우리 둘을 쳐다보기도 했다. 우리는 그저 함께 있으면 덜 두려웠고, 함께 있으면 혼자일 때보다 금방 쓰러지지 않을 것 같았다고 했다. 그러자 잔이 이미 다 큰 어른들이 내뱉는 깊은 숨을 내쉬며 말했다. **그럼 된 거죠. 방금 두 분이 한 얘기가 바로 사랑의 말이잖아요.**

우리는 리옹 근교에 있는 페이쟁에 집을 구했고 그곳에 아주 커다란 장미원을 하나 꾸몄다.

발랑시엔에 있던 대형 가게 마스코를 떠나 장미원에 대한 꿈을 이루기까지 거의 8년이라는 세월이 흘렀다. 우리 둘 중 한 사람이 가진 이름의 아름다움이 쑥쑥 자라나게 했다. 우리가 가꾸는 장미는 아름답고 우아하고 소중했다. 대부분 고대 장미였다. 코망당 보르페르, 입실랑테, 아멜리아, 벨 포르튀게즈, 채플린스 핑크 클라임버, 가브리엘 프리바 등 종류도 다양했다. 그 지역 플로리스트들이 모두 장미를 구입하러 우리 집을 찾았고, 빌모랭*에서 희귀 종자들을 주문해

---

* 프랑스 종자 개량 회사.

올 정도였다. 일상 속에 부드러운 장미향이 묻어났고, 어린 시절에는 느껴 보지 못했던 아름다움과 우아함 속에 하루하루를 보냈다. 우리가 가꾸는 장미꽃이 인간의 악과 비겁한 사람들의 잔인함을 고치고, 수줍고 겁 많은 사람과 말이 곧 무기라는 생각에 말하기를 두려워하는 모든 사람들에게 사랑의 언어가 되어 줄 거라고 생각했다. 말이란 좋을 수도 있고 나쁠 수도 있는 것이니까.

욕망의 메시지가 담긴 장미꽃들을 서로 엮어 보내는 게 보다 효과적이었다. 장미꽃 서른여섯 송이는 불타오르는 마음을 뜻하고, 장미꽃 백한 송이는 절대적으로 무한한 사랑을 뜻한다. '당신을 아낌없이 사랑합니다, 당신을 한없이 사랑합니다, 아! 내 마음을 왜 몰라 주나요' 상투적인 말로 마음을 전달하는 것보다 훨씬 나았다.

그해, 우리는 딸 이름을 딴 장미꽃 종자를 개발했다. '잔'. 한 잎 한 잎 납작하게 펼쳐진 형태의 겹꽃에, 가운데 부분은 거의 빨강에 가까운 다홍빛이고, 바깥쪽은 은빛을 띤 밝은 분홍색 꽃잎이, 짙은 초록색 꽃받침에 둘러싸인 모습의 장미꽃이었다.

잔은 그 꽃에 뜻을 붙여 주었다. '부모님을 사랑하는 사람'.

같은 해, 우리는 리옹 아돌프 맥스 대로에 꽃가게를 열었다. 한 명은 장미원을 계속 돌보고, 나머지 한 명은 가게에 나가 장사를 했다.

1948년 초겨울, 우리는 투케에서 다시 만난 뒤 처음으로 떨어져 지냈다. 마음이 아팠다.

*

몇 미터 떨어진 곳에서 책을 읽고 있던 여인이 마지못해 책장을 덮고 책을 정리했다. 기운 없이 힘겹게 몸을 일으키는 모습이었지만 사실 나이는 그리 많아 보이지 않았다. 그녀의 남편도 일어서서 아내를 도왔다. 파란색 캠핑용 의자 두 개와 노란색 파라솔을 접었다.

두 사람은 딸을 기다리지 않았다. 딸이 다른 사랑을 찾아 떠나갔다고 생각해서였겠지. 그 나이에 쉽게 빠질 만한 위험을 찾아서.

그 여인이 떠나면서 우리를 보고 인사를 하자, 옆에 있던 남편도 덩달아 인사를 하고는 투케 해변의 아름다움을 제대로 망쳐 놓은 대형 주차장이 있는 쪽으로 멀어져 갔다.

오후가 거의 끝나가고 있었다.

아가씨들은 다시 욕실에 들어가 그날 밤 미모를 뽐내며 파티장을 기웃거릴 준비를 하고, 청년들은 용기를 얻으려고 술기운을 약간 빌리기 시작했다. 청년들은 결국 여자들한테 과감히 접근하여 여자 쪽에서 좋다는 속삭임을 얻어 내는 남자가 되려고 한다. 전쟁 중이든 평화로운 시절이든, 여름이든 겨울이든, 사람들은 때를 가리지 않고 혼자가 되지 않으려고 몸부림친다.

사랑받고 싶다는 욕망.

시간이 흐르면서 바닷물이 점점 빠졌다. 그 모습이 마치 누군가 천천히 이불을 잡아당겨, 아직 그 누구도 정복하지 못한 투명한 속살을 드러내는 것만 같았다.

나중에 우리는 선선한 밤공기를 맞으며 그곳을 걷고 있겠지. 맨발로 젖은 모래 위를 걷다 보면, 그 위로 우리가 나란히 걸어온 인생과 기나긴 사랑 이야기가 그 모습을 드러내겠지.

순간 우리 둘은 언제나처럼 추위를 느꼈다. 가방에서 카디건을 꺼내 서로에게 입혀 주었다. 팔이 떨린 지는 오래되었는데, 이제는 온몸이 파르르 떨려 왔다. 우리 둘은 체구가 작은 아름다운 노부부였다. 그래서 사람들은 우릴 보고 미소 짓기도 하고, 우리 두 사람이 참 보기 좋다고, 잘 어울린다고 얘기하기도 했다. 이런 호의적인 말 한마디 한마디가 꽃잎을 이뤄 친절이라는 꽃을 활짝 피우는 것만 같았다.

우리도 주차장 쪽을 향해 발길을 돌려서 해변 대로를 가로질러, 도로테 거리와 달로즈 대로를 차례로 지났다. 우리는 이 길 저 길을 마구잡이로 걷는 걸 좋아한다. 이미 한 번 지났던 길은 절대 다시 그대로 지나지 않는다. 그렇게 하면 서로에게 더 좋은 길을 찾아 준 것 같은 착각에 빠져 기뻐할 수 있으니까.

저 멀리, 어제 저녁 호텔 바에서 우리 맞은편에 앉아 있던 여인의 모습이 눈에 들어왔다. 생존자를 떠올리게 만드는 그녀의 모습에 짠했던 마음이 다시금 떠올랐다. 생존자와 닮은 그녀의 모습에 마음이 짠했었다. 생존자들끼리는 통하는 게 있으니까. 우리는 그들이 어떻게든 살아남기 위해 얼마나 애써 왔는지 알고 있으니까. 그녀는 한 남자의 품에 안겨 있었는데, 그 모습이 행복해 보였다. 그래서 우리는 발걸음을 재촉했다. 감히 미소로도 방해해서는 안 되는 행복에 빠져 있는 것 같았으니까.

그렇게 우리는 어느새 웨스트민스터 호텔 방으로 되돌아왔다. 우리가 묵고 있는 방은 1948년 겨울, 잿빛으로 뒤덮인 우중충한 날에 결혼식을 치렀던 방과 같은 호실이었다. 창밖으로 보이는 풍경이며, 멋 부리는 감각이 떨어지는 남자들과 속마음을 알 수 없는 여자들까지, 이곳의 다른 많은 것들처럼 방의 모습도 물론 변해 있었다. 원래 어떤 것에 더 가까이 다가갈수록, 신비로운 모습은 점점 약해지는 법이다. 우리는 둘 다 정숙함과 침묵에 민감한 반응을 보이는 사람들이었다. 때론 강렬하다 싶을 만큼 환한 곳보다는 적당히 어두운 방을 더 좋아했다. 서로를 뚫어져라 자세히 바라보지 않아도 서로의 내면 깊숙한 곳까지 잘 알았다. 항상 신비로운 면모를 어느 정도 간직하고 있을 때 상대방이 아름다워 보였다. 이젠 이런 늙은 모습이 아무에게도 매력적으로 다가가지 않는 것 같지만. 언젠가 화가 오노레 도미에가 도미니크 앵그르한테 이런 말을 한 적이 있었다고 한다. '사람은 그 시대를 따라야 하는 법이지'. 그러자 신고전파 화가인 앵그르가 이렇게 응수했다. '그런데 만약 그 시대가 틀렸다면?'

세상은 변했고 우리는 떠나려 한다.

폭탄이 떨어지는 소리와 조각 난 시체, 엄청나게 빠른 속도로 피를 빨아들이는 모래에 대한 기억을 가지고. 인간이라면 누구나 가질 수

밖에 없는 어떤 두려움을 가지고. 무너져 내린 우리 집과 울부짖음이 끝난 뒤 이어진 침묵에 대한 기억을 가지고. 우리가 가진 망령과 신을 향한 절망을 가지고 가려 한다. 많은 것을 버리고 많은 것을 잊어버린 신. 인간을 사랑하지 않은 신을 향한.

잠시 뒤 우리는 호텔 바로 내려갔다.

사람들이 많아 시끌벅적했다. 불타는 시선들이 오가기도 하고 모든 것을 허용하는 듯한 웃음소리들도 들렸다. 그 자리에서 급하게 만남이 이루어지기도 한다. 깊은 숨을 들이쉬며 기나긴 밤을 약속하는가 하면, 짧은 웃음소리와 덧없는 순간이 이어지기도 한다.

웨이터는 약간 구석진 곳으로 자리를 안내해 주었다. 아무래도 우리 나이 때문이었겠지. 우리는 포트와인 두 잔을 주문했다. 카스텔리뇨 리저브, 우리가 즐기는 맛. 우리의 유일한 작은 일탈이랄까. 향이 짙은 와인인데, 잘 익은 과일로 만든 붉은색 잼 향이 진하고, 바닐라와 커피 향도 은은하게 풍겼다. 우리는 와인을 홀짝거렸다. 술기운이 서서히 올라와 정신이 몽롱해졌다. 우리는 아무 말도 하지 않았다.

눈빛만으로도 알았다.

그날 밤 우리의 눈빛은 우리를 그곳까지 데려다 준 긴 여정을 되돌아보고 있었다. 우리의 파란만장했던 인생. 자줏빛으로 물든 투케의 모래사장에서 서로의 활짝 열린 품에 안기고 싶었던 욕망.

세상을 떠난 막내아들과 끝내 우리 곁에 오지 않았던 다른 아이들을 되돌아보았다.

가시와 장미꽃, 그 뒤에 이어진 조금은 편안했던 시절들, 꽃처럼 피어난 딸 잔의 모습을 되돌아보았다.

딸의 매력적이었던 스무 살 시절 모습과 1975년도에 불었던 유쾌한 바람, 니콜 리우의 노래부터 인기가 시들지 않았던 조 다상의 〈에테 앵디앙〉, 나팔바지, 미국 여배우들이 선보인 화려한 헤어스타일까지 되돌아보았다.

딸의 멋진 약혼자도 되돌아보았다. 딸이 어떤 일이 있어도 절대 헤어지지 않으리라 맹세하며 약혼자와 두 손 마주 잡던 모습을 되돌아보았다. 딸의 결혼 후 어느 날, 사위는 배가 너무 아파 초음파 검사를 받았고, 결과가 나빠 배를 열어 보니 이미 종양이 퍼질 대로 퍼져 있었다. 사위는 사투를 벌이다가 결국 감은 눈을 다시 뜨지 못했다. 서로 영원하자던 약속을 끝내 지키지 못했다.

그날 밤 우리는 남편을 잃은 딸의 엄청난 슬픔을 보았다. 딸의 마음속에 치밀어 오른 끝없는 분노와 딸 혼자 싸워야 했던 전쟁, 눈물, 울부짖음, 침묵에서 자라난 슬픔은 감히 어떻게 위로조차 할 수 없었다.

그러다가 결국 잔은 마음속에 가득 찬 두려움을 길들이며, 죽음과 가까워지기 위해서 인도로 떠났다. 잔은 하염없이 흐르는 눈물이 다 마를 때까지 쉬지 않고 몇 주를 걸었다. 그러던 중 잔처럼 방황하는 마음을 안고 걷는 다른 이들을 마주쳤다. 한참을 함께 걷던 그들은 다 같이 전 세계에서 가장 가난한 지역인 우타르프라데시 주의 황량한 마을, 바이푸르 아잠파티에 짐을 풀고 인생이 그들에게서 빼앗아 가 버린 것에 빠져들기 시작했다. 우리는 잔에게서 1년에 두 차례 정도 장문의 편지를 받곤 했다. 세월이 흐르면서 편지 속 말들도 안정을 찾아갔다. 심지어 가끔은 편지에서 잔의 웃음이 살짝 들리는 것 같을 때도 있었다. 우리는 1980년에 잔을 보러 갔다. 아주 단출하게 잔의 스물다섯 번째 생일을 축하했다. 우리 딸이 가지고 있던 아름다움은 이미 돌덩이처럼 굳어 버린 상태였다. 마치 스스로 아름다움을 꼭꼭 감추고 세상과 뭇 남성들의 시선에 띄지 않으려 애쓰기라도 한 것처럼. 우리는 그곳에서 딸이 지내는 삶을 며칠 동안 함께 하며, 잔이 모든 것에 굶주려 있는 아이들과 수업하는 곳에도 가 보고, 무료 진료소에 가서 잔이 하는 일을 돕기도 했다. 잔은 진중했다. 집으로 돌아가는 것에 대한 얘기도, 앞으로의 날에 대한 얘기도 꺼내지 않고, 그저 홀로 겪은 전쟁을 이겨 내며 한 걸음씩 앞으로 나아가는 중이었다. 그와 동시에 다른 이들에게도 조금씩 길을 열어 주고 있었다.

우리는 돌아오는 비행기 안에서 한참을 울었다. 하지만 그 눈물은 기쁨의 눈물이었다.

우리의 눈빛은 그 순간들도 떠올리고 있었다.

우리는 인도에서 돌아온 뒤, 여전히 간직하고 있던 딸의 유년 시절이 담긴 물건들을 모두 정리했다. 책 몇 권과 수채화 세트, 인형 두 개, 한쪽 다리가 쪼그라든 곰 인형들도 모두. 우리가 곧 예순을 바라볼 때였다. 이제는 딸을 품에서 떠나보내고, 딸에게 노심초사하는 마음을 가질 필요가 없는 때였다. 하지만 그게 가장 어려운 일이었다.

우리는 페이쟁에 있는 장미원과 리옹에 있는 꽃 가게를 서로 나눠 돌보며 계속해서 장미꽃을 가꾸었고, 오늘, 세기 마지막 혁명 기념일에 이렇게 이곳을 찾아오는 여정을 짜기 시작했다.

*

젊은 웨이터가 포트와인 한 잔을 더 권했고 오늘 저녁만큼은 그러겠다고 했다. 이번에는 올리브와 칩도 더 가져다주었다. 우리 인생의 마지막 아페리티프를 마시는 시간은 꼭 작은 파티를 즐기는 기분이었다. 우리는 테이블 위로 손을 올려 마주 잡고 미소 지었다. 우리 둘의 얼굴에는 어떤 두려움도 보이지 않았다.

오래 전부터 준비돼 있었다.

우리 둘 중 한쪽의 몸은 고통스러운 존재가 된지 오래였다. 손가락이 뻣뻣하게 굳어서 신발 끈을 매거나 넥타이를 매는 것조차 힘들 정도였다. 다른 한쪽은 눈에 이상이 생겨 눈물이 끝없이 흘러내렸다. 아주 오래 된 눈물이.

쉽게 그만두는 사람들은 아니지만 사실 이제는 가볍게 걷기만 해도 금방 지쳤다.

큰 소리가 들리면 두통이 왔다. 가끔은 예전에 있었던 자세한 기억을 떠올리고, 사람 얼굴과 이름을 조합하고, 우리가 함께하는 행복을 이룰 수 있게 해 준 삶의 수많은 순간들을 기억하기까지 말도 안 되는 시간이 걸릴 때도 있었다.

이제는 이유 없이 초조한 마음이 커지는 바람에 쉽게 격해지고 때론 무례한 모습을 보이기도 했다.

건강에 나쁜 음식을 먹으면 그것이 우리 몸에 그대로 영향을 주는 것이 드러나고 미지근한 차에도 입술을 델 지경이었다.

치아도 제대로 된 게 없다.

미소도 화사함을 잃고 말았다.

손도 경직되고, 손끝도 무뎌지고, 입술도 떨렸다. 더는 입 밖으로 나오지 못하는 말도 있었다. 이제는 의지와 상관없이 나오지 않는 말이 우리에게 경고하고 있었다. 우리 둘 사이를 연결한 끈이 너무 닳아서 곧 풀릴지도 모른다고. 어느 눈부신 아침, 둘 중 한 사람이 약속을 어기고 상대방을 고통스러운 외로움 속에, 수치스러운 나약함 안에 홀로 남겨 놓을지도 모른다고.

*

포트와인은 두 잔으로 끝냈다.

우리의 눈은 벌써 행복한 시절에 다다른 것처럼 반짝거렸다. 계산서에 서명을 하고 소박한 일탈을 맛본 값은 이제 곧 계산을 치를 방값에 더해 두었다.

원래 내일 체크아웃하기로 되어 있으시잖아요? 프런트 여직원이 놀라 한마디 했다.

너무 일찍 나서죠? 우리가 대답했다.

방에 가서 짐을 챙기고 가방을 쌌다. 텔레비전을 잠시 틀어 놓고 어둠이 완전히 내릴 때까지 기다렸다.

텔레비전에서 러시아에 있는 컴퓨터의 고작 30퍼센트만이 2000년도를 맞을 준비가 되어 있다는 얘기가 나왔다. 그리고 모로코 근위대와 브르타뉴 지방의 해군 음악대 행렬 모습이 반복해서 나왔다. 사이클 선수 주세페 게리니가 알프뒤에즈 코스에서 자전거에서 떨어지는 사고를 당하고도 우승을 차지했다는 소식도 나왔다. 내일 아침 영불해협 연안은 날씨가 선선하고, 오후에는 기온이 19도까지 오를 전망이라고 했다. 바다는 여전히 차가울 거라고 했다.

마침내 캄캄한 밤이 되었고 우리는 밖으로 나갔다.

*

이맘때면 시내 곳곳에서 댄스파티가 열리는데, 강둑도 그중 한 곳이었다.

젊은 아가씨들이 춤을 추고 남녀가 서로 몸을 밀착시키고 있는 무대 주변으로 오색빛깔 전구가 반짝였다. 파티장에는 고통도, 슬픔도 없고, 그저 엄청난 기대감만 넘쳤다.

우리는 살면서 딱 한 번, 프랑스가 해방되던 날 춤을 췄었다. 그때는 저절로 몸이 움직였다. 잔뜩 취해 빙글빙글 돌았고, 서로 팔짱을 끼고, 입술을 뺨에 문지르고, 입술과 입술을 맞대고, 귓가에 웃음소리가 울렸다. 손끝에서 그 옛날의 떨림이 되살아났다. 그 시간이 한 시간, 두 시간 이어지며 우리는 어느새 그 어느 것에도 구애받지 않고 기쁨으로 가득 찬 몸이 되었다. 기쁨의 피와 살 그 자체였다. 그렇게 또 다시 한 시간, 두 시간이 흘러, 종전과 함께 두려움도 끝이 났다. 그동안 잊어버린 말들을 외치고 싶었고, 그 말들을 믿고 싶다는 마음이 생겨났었다.

하지만 용서는 결코 쉽지 않았다.

무대 바로 옆을 지나면서도 이미 나이든 몸이라 예전처럼 몸을 흔들지는 못할 것 같았다. 늙은 손을 서로 꼭 붙잡고 해변의 알록달록한 탈의실 뒤편으로 놓인 낡은 나무 계단을 내려갔다. 아주 얕고 아슬아슬한 계단을 따라 내려가면 해변에 닿는다. 해변에 내려가 신발을 벗어 들자마자 모래의 서늘함이 온몸에 전해졌다. 우리는 몸을 벌벌 떨었다. 어린애 같은 떨림이자, 되살아난 느낌 같았다. 마치 깜짝 선물처럼.

웃음이 나오고 마음이 편안해졌다.

우리는 바다에 닿으려고 오랜 시간을 걸었다. 바다가 아주 멀리 있을 시간이었다. 축축한 모래가 우리의 발을 마비시켰다. 보폭이 점점 줄면서 좀 더 고통스러웠다. 시내를 밝히는 불빛들이 점점 멀어졌다. 어둠 속에서는 거센 파도소리만이 귀를 멍하게 만들고, 고함 소리와 마지막 망설임, 마지막 대화까지도 가로막았다.

우리는 함께 한 시간 내내 서로를 많이 아끼고 사랑했다.

우리는 딸 잔의 슬픔을 견뎌 냈다.

우리는 끝내 우리 곁으로 오지 않은 아이들을 용서했다.

우리에게는 우리가 친절을 베풀었던 믿을 수 있는 친구들이 몇 명 있었고, 우리를 웃게 해 주는 친구들도 있었다.

우리는 우리가 가꾼 장미꽃으로, 결혼을 앞둔 수많은 여인들의 볼을 발그스름하게 만들었고 결혼을 앞둔 수많은 남자들이 자신의 뜨거운 마음을 용기 내어 말할 수 있게 했다.

빨강 장미는 '열렬한 사랑', 분홍 장미는 '은총, 사랑받고 싶은 마음', 연분홍 장미는 '애정', 하얀 장미는 '은밀한 사랑', 때로는 '체념', 마지막으로 우윳빛 장미는 −최근 들어 우리가 가장 좋아하는 장미− '감미로운 사랑'을 의미한다.

우리는 길고 긴 반세기를 함께 보냈다.

눈이 멀 정도로 강렬한 화염의 지뢰가 묻혀 있던 이 해변에서 만난 우리는 차갑고 어두운 그때 그 해변에서 함께 사라지기로 마음먹었다. 잠시 뒤면 불꽃놀이가 시작되고 바다는 우리의 눈물을 삼키겠지.

*

수온은 9도나 10도를 넘지 않는 것 같았다.

물속으로 들어가며 각자 속으로 이 순간이 얼른 끝나기를 바랐다.

계속해서 걸어 들어갔다. 물은 금세 무릎까지 차고 그다음엔 허리까지 찼다. 헤엄치기 시작하지만 이미 녹이 슬 대로 슨 관절과 강력한 추위 탓에 동작이 뻣뻣하고 느려졌다. 어설프게 개구리헤엄을 쳤다. 팔을 한 번 내뻗을 때마다 손가락이 서로 마주 닿았고, 여전히 상대방이 곁에 있음에 마음이 놓였다. 발이 바닥에 닿지 않는 곳에 가서는 헤엄치는 것을 멈추고 물속에서 몸을 바로 세우려 했다. 지친 다리를 살살 휘저었다.

우리는 서로 껴안고 함께해 온 기나긴 세월을 감사해하며, 가슴 깊이 행복한 마음을 느꼈다.

그런 뒤에 서로에게 용서를 구하고 서로를 용서했다.

손은 이미 벌벌 떨리기 시작했고 얼음장같이 차가웠다.

입술이 굳어 한마디도 할 수 없었다. 우리는 서로의 손을 붙잡고 그저 기다렸다. 미소 지을 기력도 남아 있지 않았다.

끝내 바다가 우리의 눈물을 삼켰다.

그 순간이 갑자기 찾아왔다.

마주 잡은 손이 풀리고 나의 머리가 기울어지며 짠 바닷물이 입안으로 흘러들어 오자 순간 딸꾹질을 하기 시작했다. 어떻게든 물 밖으로 얼굴을 내밀어 보려고 정신을 차려 보지만 결국 다시 물속으로 빠지고 말았다. 먼저 떠나지 않으려고 어떻게든 버티면서도 상대방을 구해 줄 수도 없으니 그 상황이 얼마나 힘겹겠는가.

손은 자꾸만 빠지고 다리는 움직이지 않았다. 조금 전까지만 해도 살아 숨 쉬던 그 자리에, 마지막으로 거품처럼 기포가 생겼다.

차가운 물에 숨이 턱 막혔다.

차가운 물이 목구멍과 폐에 차례로 흘러들어 와 몸이 무거워지고 점점 캄캄한 물속으로 빨려 들어갔다.

세기 마지막 혁명 기념일에.

*

그때, 지뢰가 폭발하듯 우레와 같은 소리가 울리며, 빨갛고 노란 꽃무늬 불꽃이 어두운 밤의 정적을 깨고 밤하늘을 환하게 비추기 시작했다. 금빛과 핏빛이 기진맥진한 내 얼굴까지 물들였고, 그 순간 당황한 나머지 온몸이 따로 놀며 허우적거리다가 어느새 해안에 다시 닿았다.

*

생존자는 시멘트처럼 딱딱한 진흙에 누워 기력이 다해 추위에 떨면서, 두려움과 슬픔을 견디지 못해 기절하기 전에 힘겹게 꽃 이름을 내뱉는다.

오이풀

어두운 밤.

밖에는 북동풍이 일었다. 여름이 다가오긴 해도 이 바람이 시원함을 몰고 올 거라는 걸 안다. 우리 집이 약간 흔들렸다. 창밖으로 로뉴즈곶 풍경이 펼쳐지는 이 집은 아내와 내가 직접 골랐다. 이곳은 제대로 된 여름이 지나가지 않는 곳이다. 우리는 열다섯 살 이후로 여름을 꺼린다. 여름은 피를 뜨겁게 데운다. 우리는 카브렐의 노래처럼 계절이 비껴 간 이곳을 좋아한다.

우리가 딱 한 번 입맞춤을 했던 여름날 이후로 10년이 흘렀다. 나의 실루엣이 꼭 사진 속 아버지의 모습과 닮아 있다. 웃고 있는 아버지의 모습이 보일 때도 있다. 하지만 그럴 시간이 없었던 아버지와는 달리, 나는 은총은 영원히 지속되지 않으며 고통은 우리의 어두운 그림자와 침울한 시간 안에 숨어 늘 우리 곁에 붙어 있다는 것을 깨달았다.

그녀에게 꽃을 보낸 지 1년이 훨씬 지난 어느 날, 누군가 초인종을 울렸다. 고요한 어둠이 내려앉은 늦은 시간이었다.

문을 열러 나갔다.

빅투아르였다.

여행용 가방도, 핸드백도, 과거도 없었다. 둥글게 간 보석 같은 그녀의 두 눈은 무언가가 할퀴고 지나간 듯, 에메랄드 빛에는 힘이 없었다. 그녀가 우리 집 안으로 들어서는 순간 내 눈에서는 눈물이 흘러내렸다.

그녀는 양손에 도금양 화분을 들고 있었다.

도금양 : 그래요, 사랑을 나눠요.

결국 나는 길을 잃고 몸을 떨고 있는 사람을 맞이하듯, 그녀를 격하게 품에 안았다. 그날 이후, 우리는 단 한 번도 지난 세월에 대한 이야기를 꺼내 본 적이 없다.

그 시간들은 우리 둘 사이에 가 있는 자줏빛 금이다. 넘을 수 없는 핏빛 선.

조금 전, 우리 아들에게 가서 이불을 덮어 주었다. 아들은 이제 곧 세 살이 된다. 두 눈은 꼭 자기 엄마를 닮고, 입은 우리 아버지를 닮은 것 같다. 엄마는 손자가 사랑스러워 어쩔 줄 모르신다. 생긴을 떠나 우리 근처에 와 살고 싶어 하신다. 벌써 방수복과 장화, 뜰채, 광주리까지 마련하셨다. 물때를 살피시고, 우리 가족 모두 해변에 모여 웃고 있는 모습을 마음속으로 그리기까지 하신다. 크레페와 퀴니 아망* 만드는 법도 배우시고, 브르타뉴 말도 배우신다. '데게메르 마읏(어서 와)', '트뤼가레(고마워)', '브라베오!(멋져!)'. 듣기 좋은 말들만 배우신다. 그뿐만 아니라 낮에는 희멀건 피부색의 여류 시인과 시간을 보내신다. 3년째, 여름마다 두 사람이 '시의 정원'이라는 행사를 열고 있다. 오는 사람은 많지 않지만 엄마가 말씀하시길, 그 자리에 모인 사람들은 각자 형편없는 글–자신이 직접 쓴 것–을 낭독하지만, 모두들 행복해하고, 언젠가 불후의 명구가 나오기를 꿈꾼다고 하셨다.

이제 바람이 더 세차게 불어온다. 짠기를 머금은 공기가 느껴진다. 나의 열다섯 살 여름날 이후로 더 이상 흐르지 않는, 매일 내 속에서 조금씩 날 잠기게 하는 눈물의 짠맛과도 같다.

나는 연필을 내려놓는다.

다시 침대로 가, 그녀 곁에 누워 그녀에게서 버림받을 지도 모른다는 두려움이 삐져나오지 못하도록 동이 틀 때까지 그녀를 꼭 안고 있으려 한다.

나의 불안이 새어 나오지 못하게.

---

* 브르타뉴 지방의 전통 과자.

로사 첸티폴리아

올 여름에는 카브렐이 노래를 부르지 않네요.

신곡이 나오지 않았어요. 지난여름에 나온 히트곡 중 〈장미꽃과 쐐기풀〉이라는 노래가 있었는데, 이 제목이 내 인생을 참 잘 보여 준다는 생각이 들어요.

특히 '쐐기풀' 부분이요.

지난봄, 꽃들이 피기 시작할 때 엄마가 돌아가셨어요. 어느 날 아침 갑자기 깨어나지 않으셨지요. 아침 식사 준비하는 걸 싫어하시더니 결국 마지막 식사 준비를 피해 가셨어요. 그렇게 나는 진짜 고아가 되었어요. 아들은 날 걱정하지도, 날 어색해하지도 않더군요. 아들은 열여덟 번째 생일 기념으로 친구들과 스페인으로 떠났고, 열아홉 번째 생일을 맞은 올 여름에는 여자애랑 둘이서 아시아로 떠났어요. 난 고아에서 고독한 사람이 된 거죠. '낮처럼/밤처럼/낮이 지나고 찾아온 밤처럼/비처럼/재처럼/추위처럼/아무것도 아닌 일처럼' 고독한, 바바라가 불렀던 노랫말처럼 말이에요.

파리 거리에 있던 아파트는 아직 그대로 가지고 있어요. 하지만 해변에서 가지고 놀던 장난감이며, 아들이 조개를 주워 붙여 만든 액자며, 우리의 추억이 담긴 물건들은 모두 버렸어요. 누가 보면 꼭 증거물로 남겨 놓은 아파트 같았겠죠. 나의 공허한 인생에 대한 증거물 말이에요.

'장밋빛' 부분도 있긴 있었어요. 2년 전에 한 남자를 만났으니까요.

우리는 생트 잔다르크 성당 앞에서 만났어요. –어느 여름날 늦은 아침, 서서히 열기가 올라오는 시간쯤이었죠. 바다 냄새를 맡고, 갈매기 울음소리를 들으며 장 모네 거리에 있는 아케이드식 시장에 가는 길이었어요– 낭만적인 요소라고는 전혀 없는 상황이었죠. 그 남자는 검은 옷이나 짙은 회색 옷을 입은 사람들의 행렬 속에 뒤섞여 성당 밖으로 나왔어요. 여자들은 햇빛을 가리려고 밀짚모자를 쓰고 있었고, 드문드문 보이는 아이들은 챙이 위로 접힌 옅은 색 모자를 쓰고 있었어요. 여기저기서 사람들은 눈물을 흘리고 슬픈 포옹을 나누고 있었어요. 그 남자가 담뱃불을 붙이다가 나와 시선이 마주쳤어요. 첫눈에 반한 것도 아니고, 야성이 드러나지도 않았지만, 분명 어떤 욕구가 일었지요. 그의 눈빛과 미소, 외설적인 상황과 마주한 나는 순간 심장이 벌렁거리고, 오장이 쪼그라들더군요. 행렬이 다시 움직이기 시작하는 걸 보고 나는 그 안으로 슬그머니 들어갔어요. 그 남자가 빙긋이 웃으며 내 쪽으로 가까이 다가왔어요. 거의 닿을 만큼이요. 그 남자한테서 독한 담배 냄새와 커피 향이 났어요. 우리 둘은 다 같이 모여 고인을 추모하며 포도주를 한 잔씩 나누는 자리가 마련된 그랑도텔까지 아무 말 없이 걸어갔어요. 우리의 손끝이 스치고 열이 났지요. 그는 자기 가족들한테 나를 소개했어요. 어느 순간 내가 생 토메르에서 온 사촌 마르틴이 되어 있었죠. **숙모, 마르틴이요. 왜 아시잖아요. 자크 삼촌 딸이요.** 그러자 숙모라는 사람은 약간 얼떨떨한 표정으로 고개를 끄덕이며, 미간을 찌푸리더니 마침내 기억해 내더군요. **아, 그래. 자크, 자크. 그런데 그 집에 딸이 있었던가.** 그 말에 우리 둘은 처음으로 크게 웃음을 터뜨렸어요.

나중에 친척들이 사진을 꺼내 놓고 고인의 생전 모습—사냥개를 아꼈던 모습, 서부 영화에 푹 빠져 있던 모습—을 떠올리고 있을 때, 우리 둘은 슬쩍 빠져나와 호텔에 있는 소지품 보관소로 향했죠. 참을 수 없는 야성적인 욕구가 우리를 그곳으로 이끌었어요. 강렬하고 어마어마한 욕구였죠. 헤어날 수 없는 욕구요. 그렇게 나는 어떤 강렬한 느낌에 끌렸어요. 만남에 대한 가능성.

하지만 늘 위험은 가까이에 도사리고 있는 법이죠.

호흡이 진정되고 나자 그 남자가 내게 사랑한다고 했어요. 나를 다시 만나고 싶다고 하며 내 이름을 물어 왔고 내가 클래식 음악을 좋아하는지도 알고 싶어 했지요. 크레페와 와인, 주드 아패토우 영화를 좋아하는지도 알고 싶어 했어요. 그 남자를 철썩같이 믿었죠. 로즈 씨, 그때 차가운 타일 바닥에 누워 정말이지 그를 참 좋은 사람이라고 생각했어요. 멋진 남자라고, 멋진 날이라고. 마침내 나의 러브스토리에 결실을 맺어 줄 조심스런 시작이라고 생각했죠. 우리는 서로 전화번호를 주고받았어요. 며칠 뒤 아르들로에 있는 그 사람 집에서 다시 만났죠. 같은 갈망과 성급한 마음을 안고, 같은 흥분을 안고. 나는 다시 열다섯 살로 돌아가 있었죠. 애교를 떨고, 마음을 내주었어요.

그런데 불길한 예감이 들더군요.

마침내 그 사람이 줄담배를 피우며 말을 꺼냈지요. 그 옛날 내가 썼던 고기용 칼날 같은 말들. 자기는 결혼한 남자라고, 하지만 곧 끝낼 거라고, 그러니까 기다려 달라고요. 약속하고 애원했어요. 그래서 나는 그 뒤로 사랑을 기다리지 않아요, 로즈 씨. 결국 '쐐기풀' 부분이 다시 등장한 거죠. 나의 살갗은 그리움에 다시 따갑게 부풀어 올랐고 고통에 난도질당했어요. 있죠, 남자로 인한 나의 슬픔은 달랠 수가 없어요. 나을 길이 없어요. 그 뒤로 단 한 번도 굶주린 남자에게 마음을 내준 적이 없어요. 밤에 외출을 해 본 적도, 어둠 속에서, 거짓으로 가득한 뜨거운 호흡 안에서 방황해 본 적도 없어요. 몸을 닫고, 성기를 꿰매고, 마음의 문을 잠가 버렸어요. 그래도 아직 이렇게 살아 있어요.

나는 살면서 남자 운이 좋았던 적이 없어요.

*

오늘 아침, 투케에 비가 막 쏟아질 것 같다. 강둑에서 아이들은 투덜거리고, 엄마들은 우비와 장화를 미리 마련해 두었다. 해변엔 인적이 끊기고 잔뜩 찌푸린 날씨다.

오늘 아침, 로즈 씨를 보러 왔다. 7월마다 10년째 아침마다 하는 일이다. 매일매일 그의 무덤 앞에 로사 첸티폴리아 한 송이를 가져다 놓고 -요즘 피는 로사 첸티폴리아는 연보라색에 가깝다- 오늘은 그에게 발레리 라르보의 《동심》을 펼쳐 몇 쪽 읽어 주었다. 로즈와 뢰쉔, 줄리아, 저스틴의 이야기. 이 책에 등장하는 모든 소녀들은 꿈꾸고 사랑에 빠졌던 어린 시절 우리의 모습을 그려 내고 있다.

오늘 아침, 한 여인이 우리 곁으로 다가왔다. 그녀 옆에 아주 잘생긴 인도 남자도 함께 있었다. 그녀가 아주 다정한 목소리로 여기 있는…… '로즈 씨'를 아느냐고 내게 물었다. 나는 미소를 지어 보이며 그렇다고 대답했다. **실은, 그러니까.** 그러자 그녀가 내 옆에 앉더니 피에르와 로즈에 관한 이야기를 들려주었다.

그녀가 이야기를 마치고 눈물이 마르고 난 뒤, 나는 자신보다 더 큰 사랑이 세상에 존재한다는 것을 깨달았다.

그 사랑에 한 부분을 이룰 수 있어 행운이었다는 생각이 들었다.

히아신스

오늘 기온이 화씨 86도(섭씨 30도)에 이를 거라고 한다.

10년 전만 해도 투케 날씨는 기껏해야 20도를 넘는 정도였고, 바다는 아주 차가웠다. 댄스파티가 열리던 어느 날 밤, 한 남자가 바다에 빠져 죽으려 했다는 이야기가 있었을 정도였으니까.

우리는 다시는 투케로 되돌아가지 않았다.

투케로 가기 전, 우리 부부는 모니크와 리샤르였다. 그 해변에서 우리는 과거를 벗어던졌다. 모니크라는 사람과 리샤르라는 사람의 껍데기를 그곳에 남겨 두었다.

그 껍데기가 바위에 좌초되어 부서지고, 흔적 없이 사라지도록 내버려 두었다.

투케 해변의 미지근한 모래 언덕 위에서 우리는 루이즈와 로베르가 되었다. 서늘한 호텔 침대 시트 안에서 -호텔 이름을 잊어버렸는데, 전망이 정말 멋진 곳이었다- 눅눅한 키치 스타일 바 아르 데코에서, 새로 태어나 뜨겁게 달아오른 우리의 몸속에서, 욕조의 뜨거운 물속에서, 우리의 눈빛 안에서, 우리의 정숙하지 못한 욕망 안에서, 우리는 루이즈와 로베르가 되었다.

그게 벌써 10년 전 일이다.

*

우리가 이곳에서 살기 시작한지도 이제 곧 10년이 된다.

이곳은 미국 북동부에 있는 보비나 근처로, 뉴욕에서 북쪽으로 150마일 떨어진 곳이다. 우리는 마운틴 브룩에 나무로 집을 한 채 지었다. 창밖으로 리틀 델라웨어 리버가 보이고, 매일 아침 덧문을 열 때면 눈앞에 멋진 광경이 새롭게 펼쳐지는 곳이다. 집은 크지만 따뜻한 느낌이다. 매년 여름과 겨울이 오면 아들 셋이 집으로 온다. 맨 처음에는 약혼녀를 데려왔고, 나중에는 아내를 데려오더니, 이제는 아이들과 함께 온다.

겨울이면 혹한이 찾아온다. 폭설에 길이 일주일 내내 끊길 때도 잦다. 스키를 탈 때가 아니면 대체로 몇 시간이고 커다란 벽난로 근처에 앉아서 뜨거운 불에 피부를 녹이며 양 볼이 빨갛게 상기되는 게 일상이다.

앞으로 2주 뒤, 8월 초가 되면 아이들이 이곳을 찾아올 것이다. 그러면 주야장천 바비큐를 해 먹기 바쁘겠지. 남자아이들은 보트 타러 나가서 〈흐르는 강물처럼〉에 나오는 맥클레인 형제 흉내를 내겠지. 하지만 그렇게 나가서 지금까지 한 번도 제대로 된 송어 한 마리도 잡아 온 적이 없다. 우리 옆집에 사는 가넷 리 씨가 어느 날인가 자기가 직접 낚은 거라며 자랑했던 송어만 한 것 말이다. 그때 본 송어는 거의 1미터 정도의 길이에, 무게는 7킬로미터가 넘었다.

2주 뒤면 우리는 다시 한자리에 모여 한 달 동안 우리의 지나간 멋진 여름날 이야기를 써 나가겠지. 아들들의 등에 날개가 솟아나기 전 그때 그 시절로. 우리가 프랑스 남쪽 마을에서 보냈던 그때 그 여름날로.

추위가 찾아오기 전, 아들들이 떠나면서 우리 사이가 꽁꽁 얼어붙기 전.

내가 죽지 않으려고 버둥거렸던 루이즈가 되기 전으로.

*

그때부터 지금까지 10년째, 우리는 투케에서 둘이 했던 약속을 모두 지켰다.

아무 생각도 하지 않고 필요 없는 것들을 버렸다. 발 디딜 틈 없이 꽉 찬 추억들도, 어쩔 수 없이 했던 거짓말들도.

우리가 살기 전에 다른 그 누구도 살지 않은 정감 가는 집을 지었다. 아주 큰 침대도 있고 커다란 욕조도 있다. 집에는 늘 빨강 히아신스가 장식되어 있고 우리는 여전히 서로를 보면 얼굴이 빨개진다. 큰 침대와 커다란 욕조에서 꽤 자주 사랑을 나누고, 밖으로 나가 강변에서도 여전히 주체할 수 없는 욕망을 안고선 다른 사람의 시선 따위는 신경 쓰지 않고 당당하게 사랑을 나눈다.

우리에게 닥쳤던 위태로운 순간들은 저 멀리 사라져 이제는 거의 보이지 않는다.

우리는 강렬한 사랑에 빠져 있다. 35년째. 우리는 서로가 마지막 사랑이라고 굳게 믿는다. 이런 확신이 우리의 마음을 아주 편안하고, 행복하고, 자유롭게 만들었다. 이제 우리는 서로에게 영원히 아름다운 존재이다. 이제 우리는 특별할 게 없는 이야기를 가진 사이이다. 무한한 사랑을 나누는, 하지만 소설책에 담을 만한 정도는 아닌 그런 사랑.

따지고 보면 우리는 아주 무미건조한 부부이다.

*

오늘 기온이 화씨 86도—섭씨 30도—에 이를 거라고 한다.

장미

차티스가르 주 자그달푸르에서 편지가 와 있었다. 차티스가르 주는 2000년도에 따로 떨어져 나와 별도의 주로 분리된 곳으로, 내가 몇 주 정도밖에 머무르지 않았던 곳이다.

편지는 그 전에 파키스탄 국경 지역에 있는 스리강가나가르와 '천 개의 섬 도시'라는 별칭이 붙은 반스와라를 거쳤다. 편지 봉투에는 다른 이름과 다른 글자들이 더 많이 써 있었다. 그 모든 것들이 곧 나의 기나긴 인도 여정과 더디고도 힘겨운 수행이 담긴 묵주 알과도 같은 것이었다. 나는 이곳에서 저곳으로 이동할 때마다, 결혼하고 얼마 되지 않아 남편을 잃은 슬픔을 조금씩 덜어 냈다. 하지만 나의 눈물이 다 마를 때까지는 오랜 시간이 걸렸다.

마하라슈트라 주에 있는 뭄바이와 나그푸르도 지나고, 자르칸드 주에 있는 단바드도 지났다. 단바드는 탄전이 112개나 있는 어두운 도시이지만, 역설적으로 이름난 '인도광업학교'가 있는 곳이기도 하다.

타밀나두 주에 있는 티루칼리 쿤드람도 지났다.

이어서 유토피아와도 같은 오로빌도 들렀는데, 그곳에서 내가 사랑하고 또 나를 사랑하는 남자 아디 샤르마를 만났다. 아디 샤르마에서 이름 '아디'는 '가장 중요한', 성 '샤르마'는 '기쁨과 안식처'라는 뜻이다.

이 편지가 마침내 내 손에 전달된 곳은 바로 벵골 만에 있는 바그도바이다. 장장 9년이라는 세월을 거쳐서 말이다.

엄마가 쓴 편지였다.

더 놀라운 건 10년 전, 몇 달째 부모님한테서 소식이 없기에 이웃 아주머니 한 분께 전화를 한 적이 있었는데, 그때 그 아주머니께서 눈물을 흘리며 두 분이 실종되셨다는 이야기를 내게 전했었다. 차를 타고 떠나셨는데 그 뒤로 어디에서도 두 분의 모습을 보지 못했다고. 사람들은 두 분이 사고를 당했을 거라 짐작할 뿐이었다. 경찰에서도 관할 구역을 지나는 도로를 수차례 수사해 보았지만 아무런 단서도 찾지 못했다고 했다. 누군가 사냥하거나 산책하다가 골짜기에서 어느 날 우연히 차체를 발견하거나, 누군가 낚시하다가 강바닥에서 발견하기를 기다려보는 게 가능성이 높을 것 같다고 했다.

편지는 1999년 7월 14일 자 편지였고, 우리가 편지를 손에 든 날

짜는 2008년 11월 15일이었다.

*

사랑하는 딸. 네 아빠와 내가 투케를 다시 찾았단다. 여기저기서 폭탄이 터지던 어느 날에 우리 두 사람이 만난 곳이기도 하고, 네가 자라고, 첫 걸음마도 하고, 처음으로 까르르 웃기도 했던 그곳 말이다. 그때 넌 웃음을 그치지 못하고 한참을 웃다가 우습게도 네 눈에 눈물이 맺히는 것을 보고 어리둥절해했지. 그러면서 금세 우리가 흘리는 눈물이란 게 늘 슬픈 것만은 아니라는 걸 깨달았었지.

네 아빠와 나는 이제 둘만의 여정을 끝냈단다. 우리 둘은 반세기가 넘도록 매일 밤낮 서로를 사랑했어. 매일 아침 살아서 함께 눈뜨는 순간들이 한없이 행복했지.

사랑이란 새로운 아침이든 또 다른 것이든 무언가 새로운 것이 계속 앞에 펼쳐져 있는 것인데, 우리 두 사람은 이제 더 이상 그 무언가를 기대할 만한 것이 없구나. 이제는 그 안에 위태로움이 보여.

이젠 많이 늙었어. 이젠 우리 몸이 지쳤단다. 손가락은 굳고 약해졌지. 이젠 추억도 지겹도록 쌓았어. 그중에서도 가장 아름다운 추억은 너에 대한 추억이란다. 우리의 아름다운 사랑이 보기 흉해지고,

슬프고 추한 것들만 남지 않길 바란단다. 어제 호텔에서 어떤 여자가 우릴 보고 여전히 멋져 보인다는 얘길 하더구나. 물론 네 아빠를 보고 한 얘기이겠지만. 난 이제는 네 아빠한테 그런 말을 하지 않는단다. 내가 그런 말을 하면 네 아빠가 나더러 거짓말하지 말라고 하시니까. 있잖니, 네 아빠는 지금도 날 웃게 해 준단다.

우리가 한날한시에 떠나는 건 천운이라 생각한다. 전혀 슬퍼할 일이 아니지.

오늘 밤, 해변에서 물속으로, 우리의 별을 향해 걸어가며, 우리 인생의 무한한 기쁨이었던 너를 생각하마.

*

두 사람의 무한한 사랑에 얼마나 눈물을 흘렸는지 모른다.

두 사람의 마지막 결혼 행진 소식에.

뒤늦게 나는 아디와 함께 프랑스 영사관으로 달려가 부모님 소식을 묻기도 하고, 미친 듯이 인터넷을 뒤져보기도 하고, 몇 시간 동안 수화기를 붙들고 프랑스에 전화를 걸어보기도 했다. 시청부터 지역 신문사, 경찰서까지. 얼마나 기다렸을까……. 어느 날 투케 시청에 근무하는 여직원한테서 –축복받으소서– 연락이 왔다. 10년 전, 댄스파티가 열린 어느 날 밤, 한 젊은 부인이 해변에서 어느 노인을 발견했던 일을 기억한다고 했다. 끝내 그 노인의 신분을 밝히지 못해, '로즈'라고 이름을 붙여줬다고 했다. 죽기 전에 베르크에 있는 병원에 있으면서 단 한마디 말만 내뱉었는데, 그 말이 바로 로즈였기 때문이라고. 한결같이 외친 사랑.

나는 한참을 울었다. 부모님께서 가꾸셨던 장미를 떠올리며 울었다. 나의 어린 시절과 함께 했던 다마스와 앙팡 도를레앙, 마레샬 다부를 떠올리며 울었다. 엄마의 예쁜 이름을 떠올리며 울었다. 곁에 있던 나의 안식처 아디, 나의 기쁨 아디가 자기 품에 나를 꼭 끌어안으며 속삭였다. **이리 와.**

*

우리는 6월 초, 프랑스에 도착했다. 10년 전 남자아이 둘이 위상 해변에서 발견한 시체를 부검했다던 과학수사기관에 가서 엄마에 대한 기록을 찾아보았다. 익사. 그곳에서 컴퓨터로 복원해 만든 그녀의 얼굴 사진을 확인했다. 엄마였다.

엄마는 살로민에 있는 연고자가 없는 고인들을 위한 공동묘지에 묻혀 계셨다. 나는 이름 없는 묘지를 바라보며, 엄마를 꼭 투케로 데려가겠다고, 아빠 곁으로 데려가겠다고 약속했다. '절대 그곳에서 영원히 잠들 수 없으니까*'. 두 사람의 이름을 한데 새겨, 두 사람을 꽁꽁 엮어 둘이 하나가 될 수 있도록 하겠다고 약속했다.

그러고 나서 투케로 왔다.

오늘 아침, 하늘을 보니 비가 쏟아질 것 같다. 강둑에서 아이들은 투덜거리고 엄마들은 우비를 미리 마련해 두었다. 해변엔 인적이 끊기고 날씨는 잔뜩 찌푸려 있다.

캉슈 대로에 가니 공동묘지 수위가 로즈 씨의 묘지 위치를 알려 준다. 그곳에 도착해 보니, 한 여자가 묘비 앞에 앉아 있는 모습이 보이고 묘비 위에 놓인 로사 첸티폴리아 한 송이—연보라색에 가까운—도 눈에 들어온다.

그녀는 책을 한 권 들고 천천히 작은 목소리로 그것을 읽고 있다. 마치 병원에서 혼수상태에 빠진 환자에게 혹시라도 들을지 몰라 무슨 말이라도 하듯이.

혹시 아직 살아 있을지도 모르니까.

나는 한껏 상기되어 그녀에게 여기 있는……, 로즈 씨를 아느냐고 묻는다. 그러자 그녀가 미소를 지어 보이며 그렇다고 대답한다. **실은, 그러니까.**

내가 그녀 곁에 앉아, 피에르와 로즈에 관한 이야기를 들려주고 나

* 〈푸르 느 파 비브르 쇨(Pour ne pas vivre seul)〉의 가사. 발라스코 · 포레르 작사, 달리다 노래.(원주)

니, 이번에는 그녀가 내게 어디서도 들을 수 없었던 귀한 이야기를 들려준다. 아빠의 마지막 모습에 대한 이야기를.

저자의 주

클로드와 오데트는 여든넷과 여든한 살이었다. 그들의 가정부가 파리 7구역의 한 고급 주택 5층에서 두 사람을 발견했다. 둘은 함께 죽어 있었다.

오데트의 미용사가 나중에 얘기했다. "한 사람의 모습에서 다른 한 사람의 모습도 보였어요."

베르나르와 조르제트는 파리 루테티아 호텔 방에서 죽은 채로 발견되었을 당시, 두 사람 모두 여든여섯 살이었다. 둘만의 마지막 밤을 보낸 뒤였다.

필레몬과 바우키스는 —조금 오래 전 이야기이다— 두 사람의 친절함에 상을 내려 주려는 신들에게, 함께 죽을 수 있게 해 달라고 했다.

결국 둘이서 삶의 마지막을 맞이하는 순간, 서로 상대방의 몸이 나뭇잎으로 뒤덮이는 모습을 보았다. 그런 뒤에 몸에 껍질이 둘러지기 시작했다. 그렇게 둘은 한 사람은 참나무, 다른 한 사람은 보리수가 되었다. 하지만 굵은 나무줄기는 단 하나였다. 둘은 영원히 하나로 이어지게 되었다.

마지막으로 좀 더 오래 전, –탄소 14 연대 측정에 따르면– B.C. 3800년 경, 펠레폰네소스 반도에 있는 디로스 동굴에 어느 젊은 남녀가 다정하게 서로를 감싸 안고 있었다. 그로부터 무려 5,813년이 지난 2013년 7월, 여전히 서로를 껴안은 채 백골만 남은 두 사람의 모습이 발견되었다.